Diogenes Taschenbuch 22587

Viktorija Tokarjewa

Mara

Erzählung

Aus dem Russischen von Angelika Schneider

Diogenes

Titel der Originalausgabe:
›Первая попытка‹ (›Pervaja popytka‹)
Die deutsche Erstausgabe erschien 1991
im Diogenes Verlag
Umschlagillustration:
Hans Flato, ›The Scarlet Empress‹

Veröffentlicht als Diogenes Taschenbuch, 1993

60/93/8/1
ISBN 3 257 22587 3

Mein Adreßbuch ist vollgepfropft wie eine Kommunalwohnung in der Nachkriegszeit. Einige Seiten sind herausgefallen, auf das ›K‹ ist Wasser getropft und hat Buchstaben und Ziffern verwischt.

Das Büchlein muß neu geschrieben werden, und gleichzeitig muß ich in meiner Vergangenheit Inventur machen. Der eine wird hinübergenommen in das weitere Leben, der andere wird in den Tiefen der Erinnerung begraben, um vielleicht später einmal wiederentdeckt zu werden.

Ich bekam ein neues Adreßbuch geschenkt, und eines schönen Tages setzte ich mich hin, um es einzuweihen. Das alte Büchlein ist eine Chiffre meines Lebens, sein Code sind Buchstaben und Zahlen, Namen und Telefonnummern. Schade, daß man sich davon trennen muß. Aber man muß. Denn die Zeit, die ihr eigenes Muster strickt, besteht darauf.

Ich schlage die erste Seite auf.

›A‹. Alexandrowa, Mara ...

Ihr voller Name war Marla. Aber für seinen Namen kann man ja nichts, man bekommt ihn eben. Ihre schwangere Mutter ging im Zoo spazieren und las diesen Namen an einem Tigerkäfig. Die Tigerin war jung, gelenkig, noch nicht von der Gefangenschaft zermürbt. Der wilde, unbezähmbare Name paßte zu ihr: Marla. Die romantische Mutter beschloß, ihr Kind so zu nennen. Und falls es ein Junge werden würde, sollte er Marlon heißen. Aber sie bekam ein Mädchen. Das für das russische Ohr ungewohnte ›L‹ fiel schon in der Kinderkrippe weg, und von da an war sie Mara oder Mascha. Eine Marla Petrowna existierte nur im Paß.

Ihr Vater kam im dritten Kriegsjahr um. Da war sie bereits evakuiert und lebte mit ihrer Mutter in einem sibirischen Dorf. Aus der ganzen

Zeit der Evakuierung behielt sie nur eines in Erinnerung: das große beigefarbene Hinterteil eines Pferdes vor dem Fenster. Ein Milizionär war zu ihrer Mutter gekommen, und sie bestickte ein Hemd für ihn. Dann erinnerte sie sich noch an einen blonden Arzt, für den hatte die Mutter auch ein Hemd bestickt. Mara war ständig krank. Mal hatte sie dies, mal das. Der Arzt kam und behandelte sie. Die Mutter beugte sich über Mara und beschwor sie: »Bind mich nicht an!«

Mara verstand nicht, was sie wollte. Sie hielt doch die Mutter gar nicht fest. Ihre Hände fuchtelten frei in der Luft herum.

Dann war der Krieg zu Ende. Mara und die Mutter kehrten nach Leningrad zurück. Aus dieser Zeit erinnerte sie sich an deutsche Kriegsgefangene, die ein Dampfbad bauten. Die Kinder gingen zu ihnen, schauten sie schweigend an. Die Deutschen hatten normale menschliche Gesichter. Genau wie andere Leute auch. Einer, mit einem runden Gesicht und einer runden Brille, weinte die ganze Zeit. Mara brachte ihm Brot und eine Dose Krabben. Damals, nach dem Krieg, lagen diese Dosen zu Pyramiden aufgestapelt in den Läden. Jetzt war alles verschwunden. Wohin? Vielleicht waren die Krabben zu anderen Ufern gekrochen? Aber es geht nicht um jetzt, sondern um damals. Damals ging Mara zur Schule und sang im Schulchor:

»Stalin – unser Kampfesstolz,
Stalin – unsrer Jugend Schwung,
Kämpfend und siegend mit Liedern,
Marschiert unser Volk für Stalin.«

Die Mutter war mit ihrem eigenen Leben beschäftigt. Sie war gerade dreißig. In diesem Alter braucht eine Frau einen Ehemann, und zwar nicht irgendeinen, sondern einen, den sie liebt. Den muß man erst einmal finden, und die Suche ist eine ernste Angelegenheit, die einen ganz in Anspruch nimmt.

Mara war sich selbst überlassen. Einmal stand sie in einer Schlange vor dem Kino. Es fehlten fünf Kopeken. Sie bekam die Karte nicht. Der Film fing schon an. Mara lief durch die Straßen und schluchzte laut. Die Passanten blieben stehen, betroffen von ihrer Verzweiflung.

Es gab aber auch Angenehmes. Einmal, im Pionierlager, wurde sie in den Freundschaftsrat gewählt. Sie trug auf dem Ärmel einen Aufnäher: zwei Streifen und darüber ein Sternchen. Eine große Ehre. Einige fingen an, um sie herumzuscharwenzeln. Mara lernte zum ersten Mal den Geschmack der Macht kennen. Etwas Schöneres gibt es nicht.

Zu Hause waren die Ratten nicht wegzukriegen. Die Mutter fing sie mit einer Rattenfalle und ertränkte sie dann samt Käfig in einem Eimer mit Wasser. Mara erinnerte sich an die Pfoten der Ratten, an die rosafarbenen Klauen, mit denen sie sich an die Metallstäbchen klammerten. Sie kletterten am Käfig hoch, um sich vor dem unaufhaltsam steigenden Wasser zu retten. Die Mutter hatte nicht genug Verstand, um ihrer Tochter diesen Anblick zu ersparen.

Mara lernte nur mittelmäßig, aber sie war ausschließlich mit den besten Schülerinnen befreundet. Die Nähe der Auserwählten ließ auch auf sie einen Schimmer von Auserwähltheit fallen. So wurde ihr Machthunger gestillt. Aber unbestreitbar fanden auch die Einserschülerinnen Geschmack an der Freundschaft mit Mara und lieferten sich sogar Eifersuchtsszenen. Jede beanspruchte für sich das Recht, Mara zu beherrschen.

Im Frühjahr des Jahres dreiundfünfzig starb Stalin. Im Radio wurde von morgens bis abends wunderbare Trauermusik gesendet. Es war eine schöne Zeit, denn in der Schule lernten sie fast nichts. Sie kamen und saßen unnütz in den Bänken herum. Die Lehrerin vergoß ehrliche Tränen. Mara kam auf die Idee, zusammen mit Rita Nosikowa nach Moskau zu Stalins Beerdigung zu fahren, aber die Mutter rückte kein Geld raus und ließ sie einfach nicht gehen. Mara erinnerte sich noch daran, wie sie am Tag der Beerdigung in die Trambahn eingestiegen waren. Die Leute im Waggon saßen bedrückt und in sich gekehrt da, ganz als säßen sie um den unsichtbaren Sarg herum. Rita und Mara dagegen aßen eingelegte Tomaten und kicherten hinter vorgehaltener Hand. Wenn man nicht darf, muß man immer ganz besonders lachen.

Die Leute schauten finster drein und verstanden nicht, wie man an einem solchen Tag essen und lachen konnte. Den Mädchen ihrerseits war es unbegreiflich, wie man an einem strahlenden, verlockenden Frühlingstag so todernst sein konnte.

In diesem Alter dehnt sich die Zeit unendlich in die Länge und vergeht trotzdem sehr schnell. Mara wuchs und wuchs, sie wurde erwachsen. Bei einer Feier im ›*Haus der Offiziere*‹ lernte sie den bildschönen Journalisten Shenka Smolin kennen. Er forderte sie zu einem Walzer auf. Sie schwenkten durch den Saal. Ihr Kleid flatterte. Die Zentrifugalkraft trieb sie auseinander, aber sie hielten sich ganz fest an den Händen und schauten einander in die Augen, ohne den Blick abzuwenden. Es war zum Verrücktwerden schön.

Mit achtzehn heiratete sie ihn.

Es war eine eilige Hochzeit, eine Expreß-Hochzeit. Sie ließen sich auf dem Standesamt registrieren und fingen dort auch gleich an zu streiten, und dann stritten sie sich weiter, morgens, mittags, abends und nachts... Sie stritten sich mit Leidenschaft, und mit genausoviel Leidenschaft versöhnten sie sich wieder. Das Leben bestand aus Streit und Umarmung. Ein endloser Machtkampf. Als Mara feststellte, daß sie schwanger war, wußte sie nicht, ob vom Streit oder von den Umarmungen. Bis zum fünften Monat wuchs ihr Bauch, und dann war es, als würde er kleiner. Es stellte sich heraus, daß es solche krankhaften Schwangerschaftsverläufe gab, bei denen der Embryo sich von einem bestimmten Stadium an wieder zurückentwickelt, kleiner wird und abstirbt. Um die Mutter vor einer Vergiftung zu bewahren, umgibt die Natur den Embryo mit einer Kalkschicht. Er wird nach neun Monaten – wie bei einer normalen Schwangerschaft – ausgestoßen, aber winzig und tot, wie im eigenen Sarkophag. Was es nicht alles gibt auf der Welt! Und ausgerechnet das mußte Mara zustoßen. Die Ärzte suchten nach Gründen, aber Mara wußte: Ihre Liebe hatte einen umgekehrten Verlauf genommen, bildete sich zurück, starb ab, ohne reif geworden zu sein.

Nach dem Krankenhaus fuhr Mara in den Süden, um im glatten, salzigen Meerwasser das frühere Leben herauszuwaschen und sich dann mit geschlossenen Augen ans Ufer zu legen. Sie wollte nur in Ruhe gelassen werden.

In dieser Verfassung kam der ruhige, wortkarge Dima Palatnikow auf sie zu und kümmerte sich schweigend um sie. Sie nannte ihn Dimitschka. Dimitschka schwieg chronisch, verstand aber alles, wie ein Hund. Und genau wie bei einem Hund ging von ihm Wärme und Ergebenheit aus. Schweigen kann man aus zwei Gründen: aus Klugheit oder aus totaler Dumpfheit. Mara versuchte herauszubekommen, was wohl bei Dima der Fall war. Ab und zu brachte er etwas zur Sprache, einen fertigen Gedanken oder eine Beobachtung. Das war gar nicht dumm, obwohl man darauf auch hätte verzichten können. Wenn Dimitschka etwas nicht gefiel, dann machte er die Augen zu: Ich hör nichts, ich seh nichts. Das hatte er offenbar noch aus seiner Kindheit beibehalten. Machte er aber die Augen auf, veränderte sich sein Gesichtsausdruck trotzdem nicht. Seine Augen waren ausdruckslos: man sah ihnen nicht an, ob sein Verstand gerade arbeitete oder nicht. Doch genau der, ohne Augen und ohne Worte, paßte zu Maras zerquälten Nerven, ihrem geschundenen Körper, der ein paar Monate lang ihrem eigenen Kind als Sarg gedient hatte.

Mara und Dimitschka kehrten zusammen nach Leningrad zurück. Dimitschka war ein konservativer Mensch. Wenn man zusammen lebt, soll man auch heiraten. Sie heirateten, traten in eine Kooperative ein, um an eine Eigentumswohnung zu kommen, und kauften ein Auto.

Dimitschka war Arzt: Hals, Nasen, Ohren – was verdient man da schon! Der finanzielle Stützpfeiler wurde Mara. Sie entwickelte ein Talent: Sie nähte und nahm für die geschneiderten Sachen viel Geld. Der Preis stand in keinem Verhältnis zu der gelieferten Ware und überstieg den gesunden Menschenverstand. Aber sie zwang ja niemanden: Willst du nicht, brauchst du ja nicht zu kaufen. Und wenn du bezahlst, bist du selbst der Dumme. Mara nahm Geld für die Dummheit der anderen.

Dumme gibt es zu allen Zeiten genug, das Geld regnete nur so auf sie herab. Aber eines fehlte: Prestige. Wenn man jemandem sagte: »Ich bin Schneiderin«, dann lachten die, und denunziert wurde man obendrein. Mara bat ihre Kundinnen, ihre Wohnungsnummer bloß nicht der Aufzugswärterin zu nennen, die unten saß und alle Eintretenden mit mißtrauischem Blick durchbohrte. So nannten die Kundinnen die Nachbarwohnung, die Wohnung Nummer fünfzig. Mara aber saß in der Wohnung Nummer neunundvierzig wie im Untergrund und schrak bei jedem Türklingeln zusammen. In den sechziger Jahren waren Astronauten in Mode. Die waren rar, alle wußten alles über sie, wie über Filmstars. Eine Schneiderin dagegen war etwas Archaisches, Altmodisches, wie eine Weißnäherin bei Tschechow.

Heute, in den achtziger Jahren, ist vieles anders. Astronauten gibt es inzwischen so viele, daß man sie gar nicht mehr alle kennt. Und eine talentierte Modellschneiderin ist so berühmt wie ein Filmstar.

Mara war es leid, ewig zusammenzuzucken und sich zu erniedrigen und dabei auf Mobiles und Nichtmobiles zu sparen. Sie warf die Näherei hin und ging zum Fernsehen. Da geht man in der Menge unter wie in der Metro. Aber dafür kann man auf die Frage »Was arbeiten Sie?« sagen: »Ich bin Regieassistentin.«

Das ist doch gleich was anderes als Schneiderin. Obwohl, was heißt hier ›Assistent‹? Regieassistentin beim Fernsehen ist sowas Ähnliches wie ein Kellner: Gib mal her, renn mal dahin, hau ab.

In diesem Lebensabschnitt traf ich Mara, genau damals trug ich ihren Namen in mein Adreßbuch ein.

Wir lernten uns bei Leningrad, in Komarowo kennen. Mein Mann und ich waren in das *›Haus der Kreativität‹* der *›Allunionstheatergesellschaft‹* in Urlaub gefahren. Es war keine Hauptsaison, das Haus stand leer, und die ›Allunionstheatergesellschaft‹ hatte auch Betten an Organisationen abgegeben, die nichts mit Kunst zu tun hatten. So kamen auch wir als Geologen an die Urlaubsgutscheine.

Eines Tages gingen mein Mann und ich spazieren. Als wir etwa fünfhundert Meter vom Gebäude entfernt waren, kam eine junge Frau im teuren, knöchellangen Pelz auf uns zu und fragte, ob wir hier untergebracht seien. Als sie unser »ja« hörte, begann sie uns über die Unterbringung auszufragen, ob sie nicht einmal das Zimmer sehen könnte und ob es sich lohnte, hier

Urlaub zu machen. Ich wollte eigentlich noch nicht umkehren, aber ablehnen war unmöglich, denn sie hatte einen richtigen Pelz an und ich solchen Plunder aus Synthetik, und außerdem schüchterte sie mich ein. Als ob es sich von selbst verstünde, daß ich mich fügte. Ich sagte brav »bitte sehr« und führte die Unbekannte in unser Zimmer Nummer dreihundertfünfzehn. Sie schaute sich alles an, auch die Schränke, die sie ohne viel Aufhebens öffnete. Gleichzeitig stellte sie sich vor: sie hieß Mara, ihr Mann Dimitschka.

Dimitschka wartete schweigend, völlig ausdruckslos, nur von Zeit zu Zeit erhob er die Stimme: »Mara, laß uns gehen ...«

Wir gingen los und begleiteten die Gäste. Dimitschka trottete neben uns her, als ginge ihn das alles nichts an, aber er strahlte Ruhe und Rechtschaffenheit aus. Zusammen wirkten sie harmonisch wie ein Clown-Duo: der Komiker und der Moralprediger. Dimitschka schwieg, und Mara war ständig in Aktion: schwätzte, lachte; ihre strahlend weißen Zähne glänzten genau wie ihr rotgoldenes Haar. Sie war absolut von sich selbst überzeugt. In ihrem Pelz wirkte sie so siegesgewiß, als hätte sie noch überflüssige Energie an den ganzen Kosmos zu verschenken. Ich erriet: sie hatte sich unterwegs aus purer Langeweile an uns rangemacht. Mit Dimitschka allein war es ihr langweilig, sie brauchte einen Zuschauer. Dieser Zuschauer war jetzt ich, eine arme Geologin, die von ihrem gewöhnlichen Gehalt lebt, wie tausend andere, am Rande des Existenzminimums.

Abends, nach dem Abendessen, fuhren sie weg. Mara versprach, mir einen Rock zu nähen, als Gegenleistung forderte sie meine Freundschaft. Ich war einverstanden. Sie hatte irgendwie magnetische Kräfte, man wollte nicht und tat es trotzdem. Das ist wie Sonnenblumenkerne knacken: eklig, aber man kann einfach nicht aufhören.

Als sie wegfuhren, sagte ich:

»Sie haben uns eingeladen.«

»Aber ohne mich«, schnitt mir mein Mann das Wort ab.

Mein Mann fand sie abstoßend, mich zog sie an. Sie hatte dieses gewisse Quantum an »Über«, Über-schuß, Über-leichtsinn. Überlegenheit gegenüber all den Normen und Dogmen, denen ich mich beugte. Eingeengt von zahlreichen »das darf man nicht« und »das gehört sich nicht«, war ich einfach und salzlos, wie die jüdische Matze, die gut schmeckt, wenn man sie mit etwas Scharfem ißt. Dieses Scharfe war für mich Mara.

Angelockt von dem Rock, der versprochenen Freundschaft und dem Bedürfnis nach dem »Über«, rief ich Mara an und fuhr zu ihr nach Leningrad.

Sie öffnete mir die Tür. Ich schrak zusammen, als hätte man mich mit kaltem Wasser bespritzt. Mara war vollkommen nackt. Ihre Brüste schauten mich schamlos an, wie Kirchenkuppeln ohne Kreuz. Ich erwartete, daß sie sich genieren, schnell einen Morgenmantel suchen würde, aber Mara stand ganz ruhig da, sogar stolz, als trüge sie ein Abendkleid.

»Was ist denn das?« fragte ich verstört.

»Wieso?« wunderte sich Mara. »Hast du vielleicht einen anderen Körper, oder was?«

Nun gut, im großen und ganzen war er wohl genauso. Ich beruhigte mich und trat ein. Mara ging ins Innere der Wohnung, ihr nacktes Hinterteil entfernte sich.

»Du wäschst dich gerade«, erriet ich.

»Ich nehme Luftbäder. Die Haut muß atmen.«

Mara nahm Luftbäder, und der Umstand, daß irgendein Außenstehender hinzukam, änderte nichts daran.

Mara setzte sich an die Nähmaschine und begann mir den Rock abzusteppen. Das Kinn band sie mit einem festen Lappen hoch. So bindet man den Unterkiefer bei Toten fest.

»Und wofür ist das?« fragte ich.

»Damit ich kein Doppelkinn bekomme. Der Kopf hängt doch nach unten.«

Nach vierzig Minuten war Mara mit der Arbeit fertig, warf mir den Rock rüber und nannte den Preis. Der Preis war um zehn Rubel höher als vereinbart. Sowas gehört sich doch nicht. Ich schämte mich für sie, ich war verlegen und nickte zögernd: schon gut, in Ordnung. Als ich bezahlte, wurde mir klar, daß es für die Fahrkarte nach Moskau zwar noch reichte, aber für das Bettzeug im Liegewagen schon nicht mehr. Tja, da wird sich der Zugschaffner wundern.

»Den Reißverschluß nähst du dir selber rein«, sagte Mara. »Ich hab jetzt grad keinen schwarzen da.«

Sie hatte mir also einen Zehnrubelschein abgeluchst für einen nicht eingenähten Reißverschluß.

Das Luftbad war beendet. Mara nahm den Lappen vom Kinn und zog sich einen japanischen Kimono über. Der Kimono war aus hauchdünner silbergrauer Seide, mit Drachen bestickt.

»Hast du den selbst genäht?« fragte ich erstaunt.

»Na hör mal, das ist ein echter Kimono«, sagte Mara beleidigt. »Ein Firmenmodell.«

So war das also: sie näht für andere, und für deren Geld kauft sie sich ›Firmenmodelle‹.

Nachdem das Kinn befreit war, konnte Mara den Mund wieder richtig bewegen. Sie kochte Kaffee und begann über ihre Nachbarn zu reden, die in der Wohnung Nummer fünfzig wohnten: Sascha und Soscha. Sascha – das war Alexander, und Soscha – das war Sofija. Soscha ist klein, blaß, farblos, wie aus einem Wasserstoffsuperoxyd-Bad herausgezogen. Aber sie hat was Gewisses. Der Blick bleibt an ihr hängen, man möchte sie genau ansehen. Und wenn man sie genau ansieht, entdeckt man einiges … Die pastellfarbenen Frauen des Nordens haben, genau wie die Blumen des Nordens, viel mehr Reiz als die südlichen Luxus-Rosen. Die springen ins Auge, man bleibt stehen und staunt. Aber lange bleibt man nicht stehen. Man wird es leid. Ein Vergißmeinnicht dagegen schaut man lange an, man vertieft sich hinein … Aber es ging nicht um die Blumen des Nordens und nicht um Soscha. Es ging darum, daß sich Mara in Sascha verliebt hatte und daß sie es jemandem erzählen mußte, sonst wäre sie daran erstickt.

Dieser ›jemand‹ wurde nach Maras Wunsch und Willen ich. Ich war ungefährlich, aus einer anderen Stadt, eine Zufallsbekanntschaft wie ein Taxifahrer. Man konnte beichten, dann aussteigen und sofort alles vergessen.

Statt daß ich mich rechtzeitig verabschiedete und wegging, saß ich wie ein hypnotisiertes Kaninchen da, bis zwei Uhr nachts. Und mein eigener Mann stand währenddessen in Komarowo auf dem Bahnsteig, bei Dunkelheit und Kälte, wartete auf den Vorortzug und wußte nicht, woran er war.

Die Nacht verbrachten wir mit Beziehungsgesprächen, den Tag mit Ausschlafen. Von meinem Urlaub gingen einige Tage drauf. Und wozu das alles? Wegen Sascha und Soscha. Oder genauer: wegen Mara. Später stellte ich eine Gesetzmäßigkeit fest: Wo Mara war, da war für mich eine Falle. Wenn sie anruft, dann in dem Moment, wenn ich mir gerade die Haare wasche. Ich renne zum Telefon, erkläre, daß ich nicht reden kann, aber aus irgendeinem Grund fange ich doch an zu erzählen, das Shampoo läuft mir in die Augen, Wasser rinnt mir den Rücken entlang. Es endet damit, daß ich mich erkälte und krank werde. Und wenn der Anruf normal verläuft, ich nach dem Gespräch mit Mara wohlbehalten den Hörer auflege, dann bleibe ich mit dem Fuß in der Schnur hängen, falle, breche mir das Bein und mache das Telefon kaputt. Ich sitze verletzt und von aller Welt abgeschnitten in meiner Wohnung. Als wenn der Herrgott mir mit dem Finger vor der Nase herumfuchteln würde und warnte: Häng dich da nicht rein.

Der Urlaub in Komarowo ging damit zu Ende, daß mein Mann und ich auf staubigen Matratzen ohne Laken nach Moskau zurückkehrten, dafür aber mit einem Rock ohne Reißverschluß, mit dem Nachgeschmack von Streitereien und einem verdorbenen Urlaub.

Mara blieb in Leningrad. Sie arbeitete beim Fernsehen, verdiente zu Hause mit der Nähmaschine dazu. Oder eher umgekehrt. An der Nähmaschine arbeitete sie, und beim Fernsehen verdiente sie dazu. Aber ob zuhause oder bei der Arbeit, Tag und Nacht dachte sie ununterbrochen an Sascha. Dimitschka war nicht älter als Sascha, aber trotzdem alt. Er war schon mit drei Jahren ein alter Mann. Im Fotoalbum war eine Fotografie von ihm: dreijährig, mit Hängebakken und wichtigem Gesichtsausdruck – wie ein Zahnarzt mit solider Praxis. Sascha dagegen ist mit vierzig noch ein Dreijähriger, hilflos, wie ein Kind, alles an ihm ruft: lieb mich ... Glückliche Soscha ...

Dimitschka stürzte sich urplötzlich mit Leidenschaft in die Quacksalberei, füllte Urin in Dosen ab – eine neue Heilmethode: dem Organismus die eigenen noch verwertbaren Abfallprodukte wiederzuführen. Mara wurde schlecht von den Ammoniak-Dämpfen. Und direkt hinter der Wand war da ein Mann: nach dem Schwimmbad so pieksauber, nach einer Kalinikow-Sinfonie so völlig durchgeistigt, und dabei so fremd wie von einem anderen Stern ... Alles Gute im Leben ging an Mara vorbei. Ihr blieb das Getue beim Fernsehen, die launischen Kundinnen und Urin in Dreiliterdosen.

Eines Tages, als Mara nach Hause kam, winkte die Aufzugswärterin mit dem Adlerblick sie heran: unter dem Siegel der Verschwiegenheit erzählte sie, daß die Frau aus der Wohnung Nummer fünfzig ihren Mann wegen eines anderen verlassen hatte. Der andere kam tagsüber im gelben Shiguli angefahren, sie trugen Wäsche und Kleider in Bündeln herunter, und vom Mobiliar nahmen sie den Schaukelstuhl mit. Der neue Mann, also der Galan, sei recht nett, ein auffallender, dunkelhäutiger Mann mit Schnurrbart. Sehr chic gekleidet. Auf den Sommerstiefeln waren so Buchstaben drauf, die gleichen wie auf der Jacke.

»Vielleicht malt er die selbst«, sagte Mara, um die Aufzugswärterin von ihrem errötenden Gesicht abzulenken.

Abends nach einem Konzert kam Sascha im

schwarzen Anzug mit Fliege und fragte, wann man Kartoffeln waschen müsse: vor oder nach dem Schälen? Mara sagte: zweimal, vorher und nachher. Sascha stand da und ging nicht weg. Mara bat ihn herein. Sie briet ihm selbst die Kartoffeln, und Sascha saß währenddessen neben Dimitschka, und beide schwiegen. Dimitschka war überhaupt ungesprächig, und Sascha wollte mit niemandem reden. Andererseits hatte er Angst, allein zu sein. Er wollte genau das: mit jemandem schweigen, und nicht mit einem beliebigen, sondern mit jemand Lebendigem, Vernünftigem.

Mara fritierte Kartoffeln in heißem Fett, wie im Restaurant, Fleisch war keins da, so briet sie georgischen Ziegenkäse, den sie vorher in Ei und Mehl gewälzt hatte. Sie bekochte die Männer. Sascha aß zum ersten Mal im Leben gebackenen Käse. Er aß und weinte, aber die Tränen flossen nicht aus den Augen, sondern sammelten sich im Herzen. Mara liebte Sascha, deshalb wurde ihr Herz schwer von Saschas Tränen. Sie schwieg.

Das war gegen elf Uhr abends. Und um vier Uhr morgens glitt Mara aus dem breiten Ehebett, weg von dem schlafenden und schnarchenden Dimitschka, schlüpfte in ihre Hausschuhe, zog den Hausmantel mit den Drachen an, ging auf den Treppenabsatz hinaus und klingelte bei Sascha.

Sogleich hörte sie Schritte – Sascha schlief also nicht. Und schon ging die Tür auf, Sascha hatte nicht abgesperrt. Er wartete auf Soscha, er war sicher: Sie würde es sich überlegen und zurückkommen. Sie brauchte eine seelische Erschütterung, damit alles wieder ins rechte Gleis kam. Und jetzt war alles wieder im richtigen Gleis. Soscha war zurück und klingelte. Er hatte ihr verziehen. Er würde nicht ein Wort sagen, keinerlei Vorwurf, würde sich ihr zu Füßen werfen. Zum Teufel mit der männlichen Eigenliebe. Eigenliebe – das ist: sich selbst lieben. Aber er liebte sie, Soscha.

Sascha öffnete die Tür. Auf der Schwelle stand die Nachbarin. Eine fremde Frau, noch dazu eine ihm zutiefst unsympathische. Sascha konnte ihr fast männliches Gesicht nicht leiden, das Kategorische an ihr. Keine Frau, sondern ein Feldwebel. Und auch ihr Lachen mochte er nicht. Sie gackerte wie ein Huhn, das ein Ei gelegt hat und es dem ganzen Hühnerhof zeigen will.

Mara sah, wie über Saschas Gesicht eine ganze Skala von Gefühlen huschte: erst wahnsinniges Glück, also hundert Strich, dann Unverständnis, runter auf Null, dann unter Null ins Minus. Mara war alles klar.

»Verzeihung«, sagte sie und fühlte sich schuldig. »Aber ich bin erschrocken. Ich dachte, du wolltest dich aus dem Fenster werfen. So ein Unsinn ... Entschuldige, bitte ...«

Ein Mensch denkt an einen anderen Menschen. Schläft nicht. Kommt angelaufen. Macht sich Sorgen. Also war er, Sascha, doch nicht so allein auf dieser Welt. Wenn nur ein einziger Mensch an ihn dachte, und sei es auch ein völlig fremder: Trotzdem Dank dafür.

»Komm rein«, sagte Sascha.

»Es ist schon spät«, erwiderte Mara matt.

»Eher früh«, verbesserte Sascha und ging Kaffee kochen.

Was sollte man sonst mit einem Gast machen, der um vier Uhr früh auftaucht?

Mara setzte sich an den Tisch. Sie schaute auf Saschas Rücken und fühlte sich schuldig. Aber weshalb? Weil sie ihn liebte und er sie nicht. Sie hatte das gerade an Saschas Gesicht abgelesen. Was war an ihr schlechter als an Soscha, dieser farblosen Motte, dieser Verräterin? Genau das war an ihr schlechter: Männer muß man quälen und nicht vor ihnen mit dem Schwanz wedeln. Mara horchte in sich hinein und kannte sich selbst nicht wieder. Im allgemeinen war sie von der Natur als Parasitin geplant und auch so ausgeführt worden. Sie war bereit, sich alles zunutze zumachen, was da kreucht und fleucht, alles in sich hineinzustopfen, durch alle Ritzen: Augen, Ohren, Mund und so weiter. Aber hier, bei diesem Menschen war es genau umgekehrt, sie wollte alles mit ihm teilen: den letzten Bissen, das letzte Hemd. Einfach Körper und Seele verschenken, wenn er es nur annahm. Wenn es ihm nur nützte. In Mara hatten sich so viele unartikulierte Gefühle, so viel Zärtlichkeit und Energie angesammelt, daß daraus eine Art Humus entstanden war. Wenn ein Samenkorn auf so eine Humusschicht fällt, wächst – wie im Zeichentrickfilm – der Zauberstrauch der Liebe.

Maras erster Mann, Shenka Smolin, war auch ein Parasit. Seine Hauptfrage war: »Warum gerade ich?« Er dachte, daß er niemandem etwas schuldig sei, dafür aber alle ihm etwas schuldig seien. Und genauso dachte Mara, daß alle ihr etwas schuldig seien. So traf Egoismus auf Egoismus. Sie stritten sich bis aufs Blut, und das Resultat waren zwei Särge: ein realer und ein seelischer. Bei Dimitschka ruhte sie sich von dem vorangegangenen verheerenden Krieg aus. Aber das war keine Liebe, sondern ein Überlebenstraining. Selbsterhaltung. Und die Liebe – die kam jetzt.

Da war nun ihre aufgepflügte Seele, aber der

Sämann Sascha bewahrte seine Saat für ein anderes Feld auf.

Mara fröstelte. Sie wollte sich beklagen. Aber bei wem? Beklagen muß man sich bei einem Menschen, der sich für einen interessiert. Beispielsweise bei der Mutter. Aber ihre Mutter hatte vergessen, wie sie selbst einmal gelitten hatte. Jetzt hatte sie für alle Lebenslagen nur ein Lachen übrig.

Und Dimitschka? Was sollte sie ihm sagen? Daß sie den Nachbarn Sascha liebt und mit ihm, Dimitschka, nur aus Angst vor Einsamkeit lebt?

Mara ließ den Kopf hängen und hörte auf, wie ein Feldwebel auszusehen. Sascha schenkte Kaffee ein. Er setzte sich neben sie. Er legte seinen Kopf an ihre Schulter und sagte:

»Mara, kennst du einen guten Arzt? Bring mich zu einem Arzt.«

»Was hast du?«

»Na ja, ... also ... ich ... bin kein Mann.«

»Wie meinst du das?« fragte Mara verständnislos.

»Ganz wörtlich. Deshalb hat mich Soscha verlassen.«

»Aber vielleicht liegt's nicht an dir, sondern an Soscha.«

Mara spürte die Menschen durch die Haut. Sie war davon überzeugt, daß sexuelle Energie, wie jede andere, ihren Kern hat und ihre Ausstrahlung. Manche strahlen überhaupt nichts aus. Und bei anderen kannst du dich in einen Taucheranzug stecken und wirst trotzdem von den Strahlen erreicht. Sascha spürte sie sogar durch die Betonwände ihrer Wohnung.

»Was hat Soscha damit zu tun?« Sascha hob den Kopf von ihrer Schulter. »Du verstehst wahrscheinlich nicht, worum es geht.«

»Ich verstehe genau, worum es geht. Komm.« Mara stand vom Tisch auf.

»Wohin willst du?« fragte Sascha verständnislos.

»Ich beweise es dir.«

Sascha fügte sich. Er ging hinter Mara her. Sie legten sich auf sein großes arabisches Bett. Mara kämpfte mit Soscha. Sie wollte den Wettstreit gewinnen. Und gewann. Sie bewies Sascha nicht nur seine männliche Potenz, sondern – mehr als das, seine Genialität. Seine Zugehörigkeit zur Kaste der Auserwählten. Nur sie konnten so sensibel und intensiv das Leben spüren, in all seiner animalischen Kraft. So einen wie Sascha gab es nicht noch einmal. Na ja, vielleicht noch einen, irgendwo in Indien oder China. Aber in der Sowjetunion jedenfalls nicht. Zumindest sie, Mara, hatte davon noch nicht gehört.

Sascha lächelte selig, entspannt. Mara schaute ihn an, stützte sich auf einen Ellenbogen. Er gehörte so ganz *ihr*, als ob er just in ihr herangewachsen wäre, als ob sie ihn geboren hätte, als ob sie noch immer an einem gemeinsamen Blutkreislauf hingen.

»Soll ich dir erzählen, wie sehr ich dich liebe?« fragte Mara. Er nickte kaum spürbar. Für ein stärkeres Nicken hatte er keine Kraft mehr. Mara suchte lange nach Worten, aber es kamen nur ganz einfache, fast armselige Worte aus ihr heraus.

»Du bist ein guter Mensch«, sagte sie. »Der Beste. Der Einzige.« Er nahm ihre Hand und küßte sie. Aus purer Dankbarkeit.

Sascha wollte schlafen. Aber es war schade, die Zeit mit Träumen zu vergeuden.

Sie redeten bis sechs Uhr früh.

Mara zwang Sascha wie ein richtiger Psychoanalytiker, zum Augenblick des Unfalls zurückzukehren, sich daran zu erinnern, wie alles angefangen hatte.

Und Sascha erinnerte sich. Vor zwei Jahren war er mit Soscha im Urlaub am Meer gewesen. Er badete bei Sturm und wurde weit abgetrieben. Auf einmal wurde ihm klar, daß er es nicht mehr bis ans Ufer schaffen und in der Nähe der Küste untergehen würde.

Als er wieder im Hotelzimmer war, verschwamm alles um ihn herum. Er legte sich hin, schloß die Augen und sah grün-trübe Wassermassen vor sich. Soscha dagegen war in ganz anderer Stimmung. Sie drängte sich an ihren Mann, aber sie kam ihm wie eine Welle vor. Er wollte aus ihr auftauchen. Soscha war beleidigt und sagte unerwartet grob: »Du bist impotent.«

Sascha bemühte sich sofort, die Beschuldigung zu widerlegen, aber es klappte nicht. Abends erinnerte er sich, daß es nicht geklappt hatte, erschrak, und schon blockierte ihn die Angst und nicht die Müdigkeit. Dann verstärkte sich die Angst, wie bei einem Autofahrer, der nach einem Unfall Angst hat, sich ans Steuer zu setzen. Im Gehirn verklemmte sich etwas. Das Gehirn sandte entsprechende Signale, und das zufällig dahingesagte Wort wurde zur Diagnose.

Soscha glaubte nicht mehr an ihn. Und er glaubte nicht mehr an sich selbst. Dann kam es ihm vor, als hätten alle es mitgekriegt. Alle sahen es und lachten sich ins Fäustchen. Sascha spielte plötzlich seinen Part im Orchester schlecht. Der Dirigent verlor das Interesse an ihm. Ein Wettbewerb rückte näher. Sascha begriff, daß er ausgebootet wurde. Sonja war weg. Aus dem Orchester würde man ihn rauswerfen. Er war eine sinnlose, leere Hülse. Die ganze Stadt, die ganze Welt lachte hinter seinem Rücken. Es fehlte nicht viel und er würde wie der Verrückte bei Tschechow werden, der aus seiner Zelle ausbricht und durch die ganze Stadt rennt. Oder er würde sich aus dem Fenster werfen. In dieser Nacht ging er auf den Balkon hinaus, schaute hinunter und sah sich schon selbst wie einen fliegenden Frosch, mit weit abgespreizten Armen und Beinen. Dann würde er als unförmige schleimige Masse auf dem Asphalt liegen. Sascha empfand kein Mitleid mit sich selbst, nur Ekel. Er mochte sich weder tot noch lebend. Und wenn man sich schon selbst nicht mag, was kann man dann von anderen erwarten. In diesem Moment klingelte es, eine Frau kam herein, eine verheiratete fremde Frau, und sagte zu ihm: »Du bist der Größte, bist einzigartig.«

Er küßte ihr die Hand. Wie soll man jemandem sonst danken, der einen sich selbst zurückgibt. Geh und lebe wieder. Du bist der Größte. Du bist einzigartig.

Mara schickte Sascha an die Unglücksstelle zurück. Sie kittete die Bruchstelle im Gehirn. Und das Leben rollte wieder auf allen vier Rädern.

Morgens kehrte Mara zu ihrem schlafenden, nichtsahnenden Dimitschka zurück. Sascha dagegen konnte nicht schlafen. Er begann ein neues Leben.

Abends war ein Konzert. Der Dirigent erklärte, daß Saschas B-Moll-Part der Höhepunkt der ganzen Sinfonie gewesen sei. Die Orchester-Kollegen bemerkten, daß aus Saschas Augen Funken sprühten wie bei den Salutschüssen am Ersten Mai. Er wurde zusehends jünger und schöner. Und Sascha seinerseits sah, was für Talente um ihn herum waren, die Eisen und Holz zum Leben erwecken konnten. Denn was ist eine Posaune, was eine Geige? Ein Stück Eisen und ein Stück Holz. Nur wenn der Mensch ihnen seine Seele einhaucht, dann werden sie lebendig.

Und umgekehrt. Wenn in einem Menschen die Seele erlischt, wird er zu einem Stück Eisen oder Holz. So etwas kommt vor.

Sascha machte sich nach dem Konzert nicht schlendernd auf den Heimweg, trödelte nicht herum wie früher, sondern rannte nach Hause. Dort wartete Mara auf ihn. Mara hatte Sascha wie eine Insel entdeckt und machte sich daran, auf dieser Insel ihr Reich aufzubauen.

Und Sascha schaute nicht nach vorn. Er jubilierte einfach, genoß die Anerkennung. Er bestätigte sich selbst, bekam wieder Selbstvertrauen.

Das ging so einen Monat lang.

Soscha baute derweil ihr Nest mit ihrem neuen Mann Irakli. Es ist eine Sache, sich ab und zu zu treffen, und eine andere, in einer Wohnung zusammenzuleben. Irakli stopfte das Haus mit Gästen voll, das war eine Tradition seines Volkes, und Soscha mußte schweigend auftischen und wieder abräumen. Auch das war eine Tradition seines Volkes: Eine Frau muß ihren Platz kennen.

Irakli arbeitete im Bauwesen und schrieb eine Dissertation über das Thema: »Die Beseitigung der Folgen einer Atomexplosion«.

Soscha dachte, daß nach einer Atomexplosion *niemand* mehr da sei, um die Folgen zu beseitigen. Sie verstand davon nichts und wollte auch nichts davon verstehen. Auch so wurde im Fernsehen von morgens bis abends darüber gequatscht, es war nicht auszuhalten. Bei Saschas Musik dagegen verstand Soscha alles. Während der sieben Jahre ihres Zusammenlebens hatte sie gelernt, Partituren zu lesen, konnte die Hauptpartie von einer Nebenpartie unterscheiden, kannte alle Orchestermitglieder, hörte, wie sich ihre Stimmen miteinander verflochten. Sie konnte mit geschlossenen Augen sagen: das ist Fima... das Dodik... das ist Andrej. Und jetzt alle zusammen: Fima, Dodik und Andrej.

Es war eine gute Zeit gewesen.

Soscha dachte voller Sehnsucht an das frühere Leben zurück, obwohl sie mit Irakli sehr glücklich war. Sie machte ihm georgische Chinkali* statt russischer Pelmeni*, und gleichzeitig dachte sie daran, daß Sascha hungrig und verlassen war, während Irakli umgeben war von Gästen, von Chinkali und von Soscha. Sie seufzte und wählte Saschas Nummer. Und als sie seine Stimme hörte, legte sie wieder auf. Was sollte sie ihm auch sagen?

Sascha wußte, woher der Anruf kam, und als Mara die Hand nach ihm ausstreckte, fiel er auf das Telefon wie ein Milan, der vom Himmel stürzt. Er verriet Mara nichts. Und eines Tages sagte er besorgt: »Hör mal, sammle deine Haarnadeln und Broschen ein, heute kommt Soscha.«

»Wieso?« fragte Mara unangenehm überrascht.

»Sie will mir ein Mittagessen kochen. Sie denkt, ich bin hungrig.«

* Teigtaschen mit Fleischfüllung

Mara sammelte ihre Haarnadeln und Broschen ein, brachte sie zu Dimitschka. Sie hatte nicht ein Zuhause, sondern zwei. Von einem bis zum anderen waren es – wie bis zum Tod – nur vier Schritte.

Dimitschka ahnte nichts. Er war beschäftigt. Zu ihm strömte eine Menge Leute, denn den Quacksalbern glaubt man zu allen Zeiten mehr als den Ärzten. Für ihn war es sogar praktischer, wenn Mara beim Nachbarn war.

Auch Sascha gefiel dieses Leben: die Arbeit – ein einziges Fest. Und Mara – ebenfalls ein Fest. Aber die größten Feste waren – wenn Soscha kam. Sie kam um die Mittagszeit mit schuldbewußtem Gesicht, bewegte sich ruhig hin und her, fuchtelte mit den Händen herum, kochte, saugte Staub. Sie war ein guter Mensch, diese Soscha. Mara war die Leidenschaft in Person. Er begehrte sie. Aber er liebte Soscha. Es zeigte sich, daß das nicht dasselbe war. Ein kluger Mensch hat einmal gesagt: das Fleisch ist das Pferd, und der Geist ist der Reiter. Wenn man nur auf das Pferd hört, landet man im Kornfeld. Man muß auf den Reiter hören.

Einmal sammelte Mara ihre Haarnadeln brav ein. Auch noch ein zweites Mal. Aber beim dritten Mal ließ sie sie an einem gut sichtbaren Platz liegen. Soscha merkte nichts. Da rief Mara sie bei ihrer Arbeitsstelle im Wissenschaftlichen Forschungsinstitut an und vereinbarte ein Treffen im Taurischen Park. Soscha war erstaunt, aber sie kam. Sie erriet schon vorher, worum es in diesem bevorstehenden Gespräch gehen sollte. Mara würde als Retterin des Familienglücks auftauchen. Sie würde sie zur Rückkehr zu Sascha überreden wollen. Sie kannte ja die Hintergründe nicht. Von außen betrachtet sah alles wunderbar aus, geradezu ideal, so wie es von außen gesehen immer aussieht. Mara kam zu spät. Soscha schaute sehnsüchtig auf das Schloß, das Potjomkin gebaut hatte, um Katharina die Zweite zu empfangen. Aber Katharina hatte schon einen anderen, den Potjomkin hatte sie schon bis zum Grund ausgeschöpft. Warum durfte Katharina das und sie, Soscha, sollte das nicht dürfen? Natürlich, sie war keine Zarin, aber man hatte ihr ja auch kein Schloß gebaut, sondern eine Einzimmerwohnung in einem Neubau.

Mara erschien und sagte ohne Vorbereitung: »Komm nicht mehr zu Sascha. Schließlich bist du weggegangen – und damit basta.«

»Was geht *dich* das denn an?« fragte Soscha verwundert.

»Und ob mich das was angeht. Er gehört mir.«

Soscha fielen die Augen aus dem Kopf.

»Ja, mir gehört er«, bekräftigte Mara. »Mit Körper und Seele. Und du kannst nichts daran ändern. Und verschon uns gefälligst mit deinen ungesunden Süppchen.«

Dimitschka war der Meinung, daß die Kühe, wenn man sie schlachtete, Todesangst spüren und daß diese Angst ins Blut geht und vom Blut in die Muskeln. So würde die ganze Menschheit von diesem Entsetzen vergiftet... Daher die Aggressionen, die Kriminalität, die Krankheiten, das frühe Altern. Man sollte die Früchte des Meeres und des Waldes essen, aber sich von lebenden, vernunftbegabten Wesen zu ernähren – das wäre, als würde man seinesgleichen aufessen.

Soscha empörten nicht die ›ungesunden Süppchen‹, sondern Saschas Zweigleisigkeit. Doppelköpfiger Janus. Na gut. Dafür war jetzt alles klar. Man brauchte keine Gewissensbisse zu haben und sich nicht hin und her gerissen zu fühlen. Man konnte sich ganz normal scheiden lassen und normal wieder heiraten. Und Sascha Mara überlassen.

»*Das* kriegst du!« Soscha machte mit ihren edlen Fingern elegant eine vulgäre Geste.

»Er gehört mir!« wiederholte Mara und ignorierte die Geste.

»Wir werden sehen ...«

Noch an diesem Abend kehrte Soscha zu Sascha zurück, und die Aufzugswärterin sah, wie der Schaukelstuhl in den Aufzug hineinbugsiert wurde. Soscha wackelte genau wie der Stuhl.

Noch am selben Abend klingelte Mara an ihrer

Tür. Soscha öffnete. Sie trug eine Schürze. Anscheinend hatte der Orientale sie zu ganztägigem Fleiß erzogen.

»Ich habe bei Sascha meinen Malachitring vergessen«, sagte Mara.

»Wo?« fragte Soscha.

»In der Küche. Vielleicht auch im Schlafzimmer.« Damit markierte Mara ihr Revier.

Soscha bat sie nicht herein. Sie ging weg. Kam zurück.

»Da ist kein Ring«, sagte sie. »Den hast du bei jemand anderem vergessen.«

Sie knallte die Tür zu.

Der Ring war tatsächlich zu Hause, er lag in einem Kästchen, und Mara wußte das. Sie wollte einfach einen Stein in die Familienidylle schleudern. Aber einen großen Stein hatte sie nicht, also wurde es ein kleiner ovaler Malachit. Sascha fühlte sich nicht schuldig. Er hatte sie ja nicht gerufen. Sie war selber eines Nachts gekommen. Er hatte sie nicht verführt. Sie hatte ihn neben sich gelegt. Er hatte nichts versprochen. Sie selber hatte sich Hoffnungen gemacht. Es stimmt, sie hat ihn geliebt. Sie ihn, aber nicht er sie.

Aber trotzdem, trotzdem ...

Eine Woche später ging Sascha zum offenen Aufzug. Darin stand Mara. Wenn er gewußt hätte, daß sie darin war, wäre er zu Fuß bis in den sechzehnten Stock gegangen. Sie fuhren schweigend aufwärts. Sascha bemühte sich, an ihr vorbeizusehen, Mara dagegen sah ihn direkt an. Sie suchte seine Augen. Dann fragte sie, ebenfalls direkt: »Gibt es sowas wirklich?«

»Sieht so aus, daß es das gibt«, antwortete Sascha.

Das war alles.

Nach einem halben Jahr kehrte Soscha zu Irakli zurück. Mara versuchte gar nicht erst die Gründe herauszufinden. Sie kehrte nicht zu Sascha zurück. Er hatte sie auch nicht gerufen. Er hoffte, eine Frau zu finden, bei der Fleisch und Geist zusammenpassen, wo Pferd und Reiter dasselbe denken und sich in dieselbe Richtung bewegen würden.

Für Mara war das Leben, in dem sie hin und her flitzte wie ein Weberschiffchen, beendet. Sie setzte sich neben Dimitschka zur Ruhe, sagte allen, daß es ihr sehr gut ginge. Daß die Familie ein Labor für Härtetests sei, und ihr Heim sei ihre Festung. Das mit dem Labor hatte sie selber erfunden, das mit der Festung die Engländer. Aber manchmal hatte Mara in ihrer Festung völlig grundlos hysterische Anfälle. Sie warf Geschirr aus dem Fenster, und Dimitschka war entsetzt, denn die Tassen und Teller hätten jemandem auf den Kopf fallen können. Er lief zum Telefon und rief die Miliz. Mara hatte panische Angst vor den Vertretern des Gesetzes und beruhigte sich schlagartig. Als der Milizionär kam, drückten sie ihm fünfundzwanzig Rubel in die Hand und trennten sich in gegenseitigem Einvernehmen.

Vor dem Hintergrund des Privatlebens der einzelnen Menschen nahm das politische Leben des Landes seinen Lauf. Nikita Sergejewitsch

Chruschtschow kam an die Macht, und als erstes servierte er Stalin ab. ›Stalin unser Kampfesstolz, Stalin unserer Jugend Schwung‹ entpuppte sich als Tyrann und Mörder. Was für eine Entdekkung...

Mara und Ritka Nosikowa berührte das alles wenig. Sie waren kleine Leute. Aber das Tauwetter streifte alles mit seinem Frühlingsatem, man druckte ›*Ein Tag im Leben des Iwan Denisowitsch*‹, alle lasen es und begriffen: es waren andere Zeiten angebrochen. Es tauchte ein neuer Begriff auf: ›Dissident‹ und dazu andere von ihm abgeleitete Slangwörter.

Nikita Sergejewitsch war lebendig, ganz im Gegensatz zu dem steinernen Idol von früher. Man brauchte ihn nicht zu fürchten und durfte sich sogar über ihn lustigmachen, indem man ihn ›Maisbauer‹ nannte. Das Ganze endete damit, daß er von seinem Posten flog. Es war das erste und bisher einzige Staatsoberhaupt, das als Pensionär starb. Der Bildhauer Ernest Njeizwjestnij, den Chruschtschow öffentlich getadelt hatte, hatte ihm ein Denkmal in schwarz-weiß entworfen. Licht und Schatten. Tragödie und Farce.

Dann begann die Zeit, die wir heute ›Zeit der Stagnation‹ nennen. Die Stagnation konnte man in der Politik wie in der Ökonomie beobachten; in Maras Leben jedoch waren die siebziger Jahre die Sturm-und-Drang-Jahre.

Mara traf Schlamper. Er hatte einen Vornamen, einen Familiennamen, hatte einen Beruf: Er war Regieassistent. Aber sie nannte ihn Schlamper. Und dabei blieb es.

Schlamper war zehn Jahre jünger als Mara. Sie hatten sich beim Fernsehen kennengelernt. Einmal gingen sie zusammen von der Arbeit nach Hause. Mara beklagte sich, daß das Fernsehen zu viel Zeit in Anspruch nähme, es bleibe keine Zeit fürs Privatleben.

»Und wie alt sind Sie?« fragte Schlamper.

»Siebenunddreißig«, sagte Mara.

»Na was heißt schon Privatleben, mit siebenunddreißig?« fragte Schlamper aufrichtig erstaunt. »Der Zug ist abgefahren, die Gleise sind abgebaut.«

Mara betrachtete erstaunt diesen Moskauer Idioten auf Dienstreise. Und er seinerseits schaute Mara aus seinen Waisenkinderaugen an.

Später behaupteten beide, daß dieser Blick alles entschieden habe.

War das Liebe auf den ersten, oder eher auf den zweiten Blick? Alles war viel komplizierter und auch viel einfacher.

Auf der Etage, wo Sascha und Dimitschka lebten, war Maras Leben beendet. Dort war sie tot. Von dort mußte sie weggehen. Egal wohin. Mara dachte sogar daran, einen anständigen Juden zu finden und mit ihm übers blaue Meer zu reisen, weit von zu Hause weg. Aber ein anständiger fand sich nicht. Es fand sich nur Schlamper. Mara sah, daß er zu jung für sie war, ein bißchen saft- und kraftlos, eben ein Schlamper. Aber sie wollte mit ihrem alten Leben brechen.

Als Mara Dimitschka von ihrer Liebe erzählte, wußte er nicht recht, was sie von ihm wollte.

»Ich bin verliebt«, brach es aus Mara heraus.

»Na gut, dann sei verliebt. Wer verbietet dir das?«

»Ich will dich verlassen.«

»Wozu denn?«

»Um zu lieben.«

»Wieso? Stör ich dich dabei?«

Mara ließ den Kopf hängen. Es kam ihr auf einmal so vor, als sei Dimitschka mehr wert als Schlamper. Schlamper wollte sie ganz für sich, nur für sich. Aber Dimitschka war bereit, wenn er schon nicht alles für sie sein konnte, beiseite zu treten und sie von weitem zu beschützen. Und sie, Mara, stieß ihn aus ihrem Leben. Er hatte keine Angst um sich selber. Nur um sie. Mara fing an zu weinen. Das Gespräch fand in einem Café statt. Schlamper war nicht weit weg, er saß am Nachbartisch, wie irgendein Unbeteiligter. Er saß da, damit Dimitschka Mara nicht irgendwohin mitnehmen konnte, damit nichts dazwischenkommen konnte, damit alles mit seinem, Schlampers, Sieg endete.

Später sagte er zu Mara: »Dein Kopf fiel herunter wie bei einem verletzten Vogel. Du hast mir sehr leid getan.«

Mara fragte sich, wo er wohl einen verletzten Vogel gesehen hatte. Wahrscheinlich hatte er selber ihn verletzt. Dieser Waisenhäusler.

Mara und Schlamper zogen nach Moskau. Nach dem Umzug in die Hauptstadt erinnerte sich Mara an mich, tauchte bei uns auf und brachte Schlamper mit. Sie schleppte ihn überall mit hin, wie einen Beweis ihrer weiblichen Macht. Er war ihre Trophäe, eine lebende Siegesmedaille. Schlamper vergötterte Mara, betete sie an. Alles, was sie sagte und tat, fand er genial, das einzig Richtige. Es schien, als habe er seine Augen bei ihr vergessen, er schaute sie ununterbrochen an. Im Glanz seiner Liebe schien Mara alles schöner, greller, bedeutsamer, als es in Wirklichkeit war. Schlamper stellte sie auf ein Podest. Sie überragte alle. Ich schaute zu ihr hinauf und wollte auch auf ein Podest.

Mein Mann und ich hatten gerade unsere

Tochter bekommen, und es kam uns so vor, als stünde alle Redlichkeit und Wahrheit der Welt hinter uns. Aber beim Aufblitzen ihres Glücks kam mir mein mit Windeln vollgehängtes Leben farblos vor. Ich spürte: aus meiner Rechtschaffenheit zog man den Stöpsel raus wie aus einem aufblasbaren Gummispielzeug, und sie entwich mit einem Pfeifton.

Wir saßen in der Küche und tranken Tee. Mara führte uns Schlamper vor.

»Schaut, was für ein Arm.« Sie nahm seine Pranke und zog sie zu Demonstrationszwecken lang. Der Arm war eben ein Arm, aber Mara lachte und bleckte ihre großen hellen Zähne.

»Schaut, was für ein Ohr.« Sie wühlte in seinen Jessenin-Locken. Schlamper entwand sich ihr. Mara kugelte sich vor Lachen. Sie strahlten so viel Glück aus, so viel freudiges, echtes Interesse aneinander. Schlampers Glück war wie die Sonne, Maras wie der Mond, ein reflektierendes Glück. Aber trotzdem Glück.

Plötzlich stupste Mara Schlamper vom Platz,

und sie machten sich auf den Heimweg. Unser Kind schlief. Wir begleiteten sie ein Stück.

Mara ging mit mir voraus und wollte mich dazu überreden, meinen Mann zu verlassen. Es sei so schön, seinen Ehemann sitzenzulassen. Als ob man neu geboren wird und wieder zu leben anfängt.

Ich hörte Mara zu und dachte über meine Liebe nach. Mein Mann und ich hatten uns in einem Geologen-Camp kennengelernt. Wir waren beide frei, und alles geschah wie von selbst. Wir hatten Viererzelte, und als wir miteinander schlafen wollten, gingen wir nachts in die Taiga und suchten einen Platz, wo weder Sumpf noch ein Ameisenhaufen war. Endlich fanden wir eine ebene Stelle, machten es uns auf einem Mantel bequem – und plötzlich leuchteten uns die Scheinwerfer eines Lastwagens an. Wir hatten uns auf einem Weg ausgebreitet. Ich schreckte auf, sprang wie eine Ziege in die Büsche und verlor dabei meinen BH. Morgens fanden ihn meine Geologiekollegen, rückten ihn aber nicht raus. Später, wenn ich Komsomol-Veranstaltungen abhielt und an die Ehre und das Gewissen der Komsomolzen appellierte, hielten sie in den letzten Reihen hinterlistig meinen BH hoch. Ich verlor den Faden, wurde rot, und sie hatten erreicht, was sie wollten.

Es war eine schöne Zeit, doch das ist längst vorbei. In zehn Jahren ist unsere Liebe müde und alltäglich geworden, als hätte sie ihre Arbeitskleidung angezogen. Aber ich wußte, daß ich kein neues Leben anfangen würde, und so lag meine Zukunft öde und einsam vor mir wie die Steppe.

Wahrscheinlich dachte auch mein Mann darüber nach. Wir gingen schweigend nach Hause wie Fremde. Zu Hause war unser Kind aufgewacht und weinte. Es kam mir so vor, als weinte es wie ich um meine Zukunft.

Das hatte ich nun von Mara. Sie war wie eine Kerze: leuchtete, blakte, machte Wachsflecken, und wozu?

Sie weckte in mir die Sehnsucht nach einer

glühenden Leidenschaft, nach dem heißen Atem des Lebens ... Aber es ging ja auch nicht um mich, sondern um sie.

Mara und Schlamper waren also in Moskau. In seiner Einzimmerwohnung in Bibirewo. Bibirewo – das konnte ebensogut bei Moskau oder bei Kaluga liegen. Die gleichen Wohnblocks, die Traurigkeit verströmen wie ein verregneter Sommer.

Mara ließ den Zimmermann Gena kommen. Gena überdachte den langen Balkon mit Holz, dichtete Wände und Decke ab, baute eine Dampfheizung. So entstand noch ein Zimmer, lang und schmal, wie ein Stück vom Korridor, aber trotzdem ein Zimmer. Mara stellte einen kleinen Tisch hinein, auf den Tisch ihre *Singer*-Nähmaschine und an die Wand ihr Bügelbrett. Und dann ging es los ... Diese Tour kannte und liebte sie. Sie nähte nur für die, die ihr äußerlich und innerlich gefielen. Sie stürzte sich in Freundschaften, kam so nah heran, daß kein Stück Papier mehr dazwischen gepaßt hätte, und dann trennte sie sich in derselben Geschwindigkeit im Streit. Sie brauchte Konflikte. Ihr dämonischer Kern blinkte ab und zu hervor. Sie war schon auf dem Weg zur Hölle.

Nach einem Jahr vertauschte Mara Bibirewo mit dem Kutusowski-Prospekt, kaufte einen gebrauchten *Moskwitsch* und einen japanischen Fotoapparat Marke *Nikon*. Der Fotoapparat war für Schlamper. Mara hatte beschlossen, einen Fotokorrespondenten aus ihm zu machen. Er sollte Augenblicke festhalten, schöne oder schreckliche, je nachdem, was das Land gerade brauchte. Einen brennenden Lastwagen, einen Bestarbeiter der Produktion, den ersten Schultag.

In der neuen Wohnung riß Mara Wände ein, dunkelte ein Zimmer ab – so entstand ein Fotolabor. Mara half Schlamper nicht nur die Fotos zu entwickeln, sondern auch die Motive auszusuchen. Sie erwies sich in diesem Bereich als genauso begabt wie in allen anderen. Schlamper bekam einen Job in der *Nowosti*-Agentur, er sollte Reklamefotos über das sowjetische Leben machen. Mara erreichte, daß er eine eigene Fotoausstellung bekam. Dann sorgte sie dafür, daß er sich mit allen zerstritt. Schlamper flog raus.

Mara war wie ein starkes Medikament mit den entsprechenden Nebenwirkungen. Einerseits brachte sie Heilung, andererseits verursachte sie Schwäche und Übelkeit. Man wußte nicht, was besser war.

Schlamper dachte zuerst, daß es eben nicht anders ginge, aber eines Tages zeigte sich plötzlich, daß es sehr wohl anders ging. Er verließ Mara und lief zu einer anderen, die jung und zärtlich war und außerdem von ihm schwanger. Für sie war er nicht Schlamper, sondern Leonid Nikolajewitsch. Bei Mara hatte er seinen richtigen Namen schon vergessen.

Wenn er an den Ausgangspunkt seiner Liebe zu Mara zurückdachte, so war das Gefühl zu Mara unvergleichlich greller und stärker als diese neue Liebe. Aber mit Mara hatte sein Leben keine Perspektive. Vielleicht noch ein Auto, eine Datscha, ein Treibhaus im Garten der Datscha. Aber für wen? Schlamper fand es langweilig, kinderlos zu leben. Er wollte einen Sohn, um ihm eine glückliche Kindheit zu schenken. Schlamper war aus einem Waisenhaus, er erinnerte sich noch genau an seine eigene Kindheit.

Mara versuchte, Schlamper zurückzuhalten, indem sie ihm sein Hab und Gut wegnahm. Aber Schlamper war auf der Hut und gab nichts her. Wie er das geschafft hat, bleibt ein Rätsel. Mara konnte einen so umgarnen, einem so den Kopf verdrehen, daß man nicht nur die *Nikon* fallen ließ, sondern jedes beliebige Organ hergegeben hätte: Hand, Fuß oder Auge. Er aber gab nichts her. Er versteckte die *Nikon* und jagte Mara aus dem Haus, wie der Fuchs den Hasen. Von wegen Schlamper...

Er kehrte auf seinen Posten zurück und schloß mit allen Frieden. Na ja, keinen richtigen Frieden, aber einen seinen Möglichkeiten entsprechenden. Schlamper ging nicht unter ohne Mara, sondern kam sogar noch weiter voran, und das verletzte sie am meisten.

An diesem Wendepunkt ihres Lebens tauchte Mara wieder bei mir auf und ließ sich für ein paar Tage in meiner Wohnung nieder. Es gab sonst keinen Platz, wo sie ihr Haupt hinbetten konnte, im wahrsten Sinne des Wortes, sie konnte nirgends übernachten. Bekannte hatte sie mehr als genug in Moskau, aber niemand konnte sie gebrauchen. Gebrauchen konnte man die Siegerin Mara, die Gewinnerin, aber nicht die Bestohlene, die aus dem Haus Gejagte. Und sie ihrerseits konnte mit solchen, die auf den Titelseiten der Zeitschriften prangten, nichts anfangen. Sie wollte sich lieber bei uns anlehnen, den gewöhnlichen, den einfachen Leuten. Wir Geologen werden von der Erde getragen, haben immer festen Boden unter den Füßen.

Mein Mann übernachtete bei seinen Eltern, sie wohnten eine Etage unter uns, und Mara legte sich in sein Bett. Eine Tragödie adelt einen Menschen, aber Mara brachte es fertig, auch in dieser Situation sich selber treu zu bleiben. Sie steckte sich Knoblauchzehen in die Nasenlöcher, – sie hatte Schnupfen, und Knoblauch wirkt antiseptisch –, und so schnarchte sie, weil ihre Nase verstopft war. Die ungewohnten Laute und der Geruch ließen mich nicht schlafen. Erst gegen drei Uhr morgens döste ich ein. Aber da wachte Mara auf. Sie brauchte Mitgefühl, und mitfühlen kann nur ein wacher Mensch, nicht ein schlafender.

Mara stupste mich an und zählte mir auf, was sie alles für Schlamper geopfert hatte: Dimitschka, ihr Heim, die Prachtbauten von Leningrad... Sie rief mir ins Gedächtnis, wer Schlamper war, als sie ihn traf: eine Null, ein simpler Gibmalher-Bringmalweg-Haumalab. Und was war aus ihm geworden! Und jetzt, wo er etwas erreicht hatte, waren ihm die Zeugen des früheren Lebens im Weg. Was war sie nur für eine Idiotin gewesen, ihm zu glauben. Dem war das doch ins Gesicht geschrieben. Er hatte sie benutzt, ausgepreßt wie eine Zitrone und dann weggeworfen. Allein in einer fremden Stadt.

»Geh nach Leningrad zurück«, riet ich. »Dimitschka wird glücklich sein.«

Mara schwieg. Sie überlegte.

In die elfte Etage zurückkehren, wo der gelbäugige Sascha herumläuft, so zum Greifen nah und doch so fern? Wie aus einem anderen Zeitalter. Aus dem einundzwanzigsten Jahrhundert. Ach, Sascha, Sascha, du funkelnder Stern, wo singen deine Nachtigallen? Früher hätte sie sich das nicht mal vorstellen können: den Mann verlassen, ihr Heim, ihre gewohnte Umgebung! Aber nach der Geschichte mit Sascha hatte sie alles weggeworfen, um nichts hatte es ihr leidgetan. Je schlimmer, desto besser. Schlamper ist eben Schlamper. Mit seiner Hilfe hatte sie überlebt. Aber er war eben auch eine starke Medizin mit Nebenwirkungen. Er hatte sie geheilt, allerdings nur vorübergehend. Und jetzt saß sie da, in einer fremden Wohnung, mit Knoblauch in der Nase. Was für ein Schicksal: aus dem einen hatte sie einen Mann gemacht, aus dem anderen einen Fotokorrespondenten, und was war der Lohn?

»Ich habe etwas aus ihnen gemacht, und sie haben mich verraten ...«

»Das hast du doch zu deinem eigenen Vorteil gemacht, damit es dir selber gutging«, verbesserte ich sie.

Mara verstand nicht: »Und wo liegt da der Unterschied?«

»Es war nicht uneigennützig. Und ohne dich um andere zu kümmern. Wenn ein Mensch sich so abkapselt, ist er wie eine Konserve in der Dose, er verliert die Vitamine und wird krank.«

»Und inwiefern bist du uneigennützig?« fragte Mara. »Ziehst du dein Kind für einen fremden Onkel auf?«

Der Gedanke an meine Tochter, egal in welchem Zusammenhang, überschwemmte mein Gesicht mit Zärtlichkeit.

»Sie sagt ›swei‹ statt zwei und ›rückal‹ statt rück mal. Ich bringe ihr bei, es richtig auszusprechen, auf den Topf zu gehen, bereite sie auf den Kindergarten vor. Auf das Zusammensein in der Gruppe. Und dann sichere ich ihr eine ›leuchtende Zukunft*.« »Und warum muß es eine ›leuchtende‹ Zukunft sein und nicht eine reale?« fragte Mara. Ich sah sie an und dachte nach.

»Wenn die Gesellschaft dir heute nichts bieten kann, versprechen sie dir eine leuchtende Zukunft,« erklärte Mara. »Da hängen sie dir Nudeln über die Ohren, und du hältst auch noch die Ohren hin.«

Aha, also meine Generation ist die Nudelgeneration. Und die ältere Generation, die an Stalin glaubte, was ist mit der? Wir sind alle angeschissen, nur sie ist makellos.

»Geh doch in den Westen«, schlug ich vor. »Da sind sie ja alle so wie du.«

»Was brauch ich die? Und was brauchen die mich? Mit meinen vierzig Jährchen. Für Antiquitäten besteht nur in Antiquitätenläden Nachfrage. Zu spät. Der Zug ist abgefahren, die Gleise schon abgebaut, wie der gute Lenitschka sagte.«

* Durchhalteslogan der Gründerjahre in der Sowjetunion

»Lenitschka, wer ist denn das?« Ich konnte mich nicht erinnern.

»Schlamper.«

Mara knipste die Nachttischlampe an. Ich hörte, daß sie immer noch nicht schlief; ich konnte auch nicht schlafen. Mara brummte wieder etwas in meine Richtung.

Ich dachte daran, daß sie mit ihren vierzig Jahren sich schon zweimal eine ›leuchtende Gegenwart‹ bereitet hatte: mit Dimitschka in Leningrad und mit Schlamper in Moskau. Und es wird ihr noch ein drittes Mal gelingen. Mein Mann und ich konnten uns fünf Jahre lang kein Kind leisten, hatten einfach keine Wohnung, hausten auf engstem Raum bei seinen Eltern. Jetzt können wir mit weiteren zehn Jahren rechnen, bis wir aus der Einzimmerwohnung in eine Zweizimmerwohnung kommen. So um die fünfzig fängt man an, halbwegs menschenwürdig zu leben, und mit fünfundfünfzig schicken sie einen dann in Pension. Da kann man sich vorstellen ...

Wenn Mara nicht da ist, geht es mir gut. Ich

habe, wie man so schön auf Glückwunschtelegrammen schreibt, Gesundheit, Erfolg bei der Arbeit und Glück im Privatleben. Aber kaum taucht Mara auf, bin ich eine willenlose Sklavin, abhängig und mit Scheuklappen behängt. Und mein Glück besteht nur darin, daß ich nicht weiß, *wie* schlecht es mir geht.

Dann verschwindet Mara, und alles ist wieder in Ordnung. Man lebt so lala.

Diesmal verschwand sie auf die Krim. Das Meer hatte ihr in schweren Zeiten immer geholfen. Sie wusch mit dem Meerwasser ihre Tränen ab, ging lange am Ufer entlang und sonnte sich nackt. Sie lag wie eine Eidechse auf den Steinen, ließ ihren abgerissenen Schwanz nachwachsen. Genau wie eine Eidechse hatte sie die Fähigkeit, ihn immer wieder zu regenerieren.

Schlamper hatte gesagt, daß ihr Zug abgefahren sei, die Gleise abgebaut. Das war nicht wahr. Schlamper war abgefahren, aber die Gleise waren noch da. Es mußte nur ein neuer Zug kommen.

Und nicht irgendein Güterzug, sondern ein Luxus-Expreß, der auf ein langes glückliches Leben zusteuern würde. Man konnte natürlich auf einer Station sitzenbleiben und auf einen Zufall warten. Aber der Zufall brachte bloß Shenkas, Dimitschkas oder Schlampers. Der Zufall war blind. Man mußte sich in sein Schicksal einmischen und selber einen Zufall präparieren.

Sascha, Schlamper – das waren Grashalme, die im Winde schwankten. Sie brauchten einen Stützpfeiler. Mit vierzig wollte sie sich nun selbst auf einen Starken stützen. Und wer war hier stark? Wer dirigierte den Luxuszug? Der, der das Steuer in der Hand hat, der hat die Macht. Irgendein sagenumwobener Mojdodyr. »Der Waschbecken Herr und der Bastwische General.«* Aber wo sollte man den hernehmen? An einen Mojdodyr kam man nicht so einfach heran.

* Zitat aus Kornej Tschukowskis Kinderversen über seine Phantasiegestalt Mojdodyr.

Dafür mußte man eine Ausweiskarte haben. Und dann würde der Milizionär diese Ausweiskarte genau mit dem Personalausweis vergleichen. Er tat, als wenn er sie auswendiglernen wollte: Nummer, Serie, Ausstellungsort, von wem ausgestellt und wann. Schließlich, wer weiß, könnte sie ja reingehen und auf Mojdodyr schießen. Obwohl: Moskau war nicht Italien, und Mojdodyr hatte so um die siebzig Jährchen auf dem Buckel, für wen konnte der noch wichtig sein? Sein Blut stockte schon in den Adern wie Sauermilch.

Aber das Ziel war angepeilt. Und Mara näherte sich diesem Ziel wie eine Langstreckenrakete. Nachdem sie sich mit Sonne aufgetankt hatte und ihr abgerissener Schwanz wiederhergestellt war, kehrte sie nach Moskau zurück, nahm Schlamper die *Nikon* vom Hals – fast hätte sie ihm den Kopf dabei abgerissen. Sie besorgte sich die nötigen Papiere und ging in Mojdodyrs Büro.

Mojdodyr wußte bereits, daß er einen Fototermin hatte. Mara setzte sich ihm gegenüber, schlug die Beine übereinander und begann sein Gesicht zu studieren. Mojdodyr war eine alte, körperlose, ausgetrocknete Heuschrecke. Die Brille vergrößerte seine Augen. Auf dem Rücken wölbte sich etwas unter dem Jackett – vielleicht ein Buckel, vielleicht ein Sauerstoffkissen, vielleicht aber auch ein Flugapparat. Sein Gesicht war völlig erstarrt, ausdruckslos.

»Könnten Sie wohl die Brille abnehmen?« fragte Mara.

Er nahm sie ab. Legte sie auf den Tisch. Mara drückte ein paarmal auf den Auslöser, obwohl sie wußte: Das war es nicht.

»Das Gesicht ein bißchen lebhafter«, bat Mara.

Aber woher soll man etwas nehmen, was nicht da ist? Da Mara das Gesicht nicht ändern konnte, änderte sie die Perspektive. Zuerst stieg sie auf den Stuhl und drückte ab. Dann legte sie sich auf den Boden. Dann ging sie in die Hocke. Die Knöpfe ihrer Bluse sprangen auf, und Mojdodyr sah ihre Brüste. Gleichmäßig gebräunt, cremefarben standen sie hervor wie zwei Ferkelchen.

Mojdodyr hatte ganz vergessen, wann er so etwas zuletzt gesehen hatte und ob überhaupt jemals. Zwar war er ein hohes Tier, aber er war auch ein gewöhnlicher Mensch, und seine Reaktion war die ganz gewöhnliche: Er war verblüfft. Er war so verblüfft, daß sogar sein stockendes Blut in Wallung geriet. Mojdodyr erinnerte sich daran, daß er ein Mann war, woran ihn vorher nur sein Vor- und Vatersname erinnert hatte.

Sein Gesicht belebte sich. Das Foto bekam plötzlich ganz neue Qualitäten.

Die Schicksalskugel rollte. Jetzt durfte nur nichts mehr dazwischenkommen. Aber Mara passte schon auf, daß nichts dazwischenkam. Sie bestach zwei Sekretärinnen. Damit hatte sie die Zugangswege zur Festung erobert. Und dann nahm sie die Festung selbst.

Mara gewöhnte Mojdodyr an sich, und nach ganz kurzer Zeit kam es ihm so vor, als sei sie immer dagewesen. So ein Gefühl hat man gegenüber einem Säugling. Komisch, daß es ihn vor ganz kurzer Zeit noch gar nicht gab. Überhaupt nicht. Nirgends. Aber plötzlich wird er geboren, und es kommt einem so vor, als sei er schon immer dagewesen.

Mojdodyr hatte jetzt eine schwere Bürde zu tragen: das Alter. Und was noch hinzukam: die Gleichgültigkeit. Man kann nichts mehr und will nicht einmal mehr was. Mara hatte mit ihrem Wirbelsturm die Apathie hinweggefegt, so wie man die Wolken am Eröffnungstag der Olympiade vertreibt. Von der Gleichgültigkeit befreit, agierte Mojdodyr voller Tatkraft, und nach vier Monaten lebte Mara in einer eigenen Zweizimmerwohnung in einem Backsteinhaus, in der ruhigen Innenstadt. Hierhin konnte Mojdodyr kommen wie zu sich nach Hause.

Mara konnte Schmutz nicht ertragen, deshalb empfing sie ihn am Aufzug mit Hausschuhen und zog sie ihm eigenhändig an. Dann steckte sie Mojdodyr in die Badewanne, weichte ihn ein und wusch den ganzen Arbeitstag und das ganze vorherige Leben von ihm ab. Mojdodyr lag in zartem Schaum und fühlte: Das ist das Glück! Im siebzigsten Jahr seines Lebens. Nur eines war schlecht – die Gedanken an den Tod. Von so einem Leben, das sich einem plötzlich in der Neige der Tage auftut, trennt man sich schwer. Aber er bemühte sich, nicht daran zu denken. Wie sagte Napoleons Mutter doch gleich: »Es soll so lange wie möglich dauern« – wobei sie die Regentschaft ihres Sohnes meinte. Aber währenddessen strickte sie ihm schon die Wollsokken für Sankt Helena.

Nach dem Bad setzten sie sich an den Tisch. Der Tisch war aus karelischer Birke, die Teller, blau mit weiß, englisches Porzellan. Auf dem Porzellan lagen ein paar Kalbfleischfrikadellen. Das Hackfleisch hatte Mara im Mixer mit Sahne verfeinert. In Kristallgläsern war Rote-Bete-Saft mit Zitrone. Rote Bete reinigte das Blut und wirkte krebshemmend. Mara selber war in den Drachenkimono gehüllt, wie eine Japanerin. Eine Geisha. Die Japaner verstehen was vom Leben. Das Essen, die Teezeremonie. Und eine gewisse andere Zeremonie…

Am Ende seines Lebens hatte Mojdodyr also Heim und Frau gefunden. Seine Ehefrau war eine Person des öffentlichen Lebens, für sie war die politische Arbeit immer wichtiger als das Privatleben. Den Haushalt versorgte die Hausangestellte Walja, die vor allem zu ihren eigenen Gunsten wirtschaftete. Der Sohn war fünfzig, passte schon auf die eigenen Enkel auf. Um die Einsamkeit zu vergessen, hatte Mojdodyr von morgens bis abends gearbeitet, dem Vaterland auf dem ihm anvertrauten Posten gedient. Und plötzlich war da Mara. Sie wurde für ihn genauso wichtig wie das ganze Vaterland, halbpart sozusagen. Manchmal sogar mehr. Mara ihrerseits war Mojdodyr dankbar. Dankbarkeit ist ein guter Nährboden. Darauf wächst zwar nicht der Zauberstrauch der Liebe, aber ein recht ordentlichen Baum mit eßbaren Früchten. Mara hatte nicht nur Talent fürs Nähen und fürs Fotografieren, sondern auch für Staatsangelegenheiten. Sie war eine Art Marquise de Pompadour. Sie pompadourte so vor sich hin.

Aus den Vorgängern – Sascha und Schlamper – hatte sie etwas gemacht, hatte sie zusammengeklebt, erschaffen. Wenn auch für sich selber. Sie hatte sie erschaffen und benutzt. Aber auch für sie war etwas abgefallen. Sascha war an Geist, Körper und Seele gestärkt worden, Schlamper beruflich und finanziell.

Mojdodyr erschuf nun sie. In punkto Kreativität war Mara unterlegen, als Parasitin triumphierte sie. Bei Mojdodyr konnte sie aus dem vollen schöpfen, sie brauchte ihm nichts abzujagen.

Mara wollte ein eigenes Betätigungsfeld in der Gesellschaft. Sie hatte einen Fernstudienabschluß als Pädagogin. Mojdodyr brachte sie in einem Institut der Akademie der pädagogischen Wissenschaften unter. Mara schrieb eine Dissertation, denn sie wollte die Abteilung leiten und dann das ganze Institut. Vielleicht sogar einmal die ganze Akademie, warum nicht? Der Zug hatte sich in Bewegung gesetzt. Der Weg war frei. Der Zugführer war ein Virtuose.

An den Sonn- und Feiertagen fuhr Mojdodyr mit seiner Familie auf die Datscha. Da hatte Mara Pause.

In einer dieser Pausen lud sie mich zu sich ein. Sie wollte ihre neue Macht demonstrieren. Ich sollte durch ihre Wohnung laufen und mit den Nudeln an den Ohren wackeln.

Am meisten entzückten mich die weiträumigen Korridore und die Kerzenleuchter an der Decke und an den Wänden. Es sah aus, als seien sie aus dem Taurischen Palast in Leningrad. Potjomkin hatte sie aufgehängt, und Mara hatte sie mitgenommen, denn die neue Zarin war sie. Die Leuchter schimmerten dunkelbronzefarben, sie erzählten von einer geheimnisvollen Zeit und der Begabung eines unbekannten Meisters. Dies war das Luxus-Heim einer teuren Mätresse.

Mir kam meine eigene Wohnung in den Sinn, wo die Zimmer zweieinhalb Meter hoch sind, so daß die Decke einem fast auf den Kopf drückt. Ich nannte meine Wohnung einen Unterstand, es fehlte nur das Grammophon und der Kriegsschlager ›*Auf deinen Platz, Mädel*‹. Ich dachte an die Wohnung meiner Schwiegereltern: die Komsomolzen der zwanziger Jahre. Sie haben diese Gesellschaft uneigennützig und opferbereit aufgebaut, und wo leben sie? In einer Kommunalwohnung. Aus einem großen Raum wurden mit einer Zwischenwand zwei winzige Zimmerchen gemacht. Und sie murren nicht. Sie wissen: Moskau erstickt an der Wohnungsnot. Noch sind nicht alle Leute aus den Kellerwohnungen umgesiedelt. Also halten sie aus und warten.

Mara aber bekam alles sofort, nur darum, weil sie zum rechten Zeitpunkt ihre sonnengebräunte Haut gezeigt hatte. Das heißt also, für die einen gibt es eine ›leuchtende Zukunft‹, und für die anderen eine ›leuchtende Gegenwart‹.

Mara sah, daß ich den Kopf hängen ließ. Sie war der Meinung, daß ich sie beneidete. Daß ich auch gerne die Marquise de Pompadour bei Louis XIV wäre, oder Mara bei Mojdodyr, was auf ein und dasselbe herauskam. Aber ich war eben nur Larissa bei Vitja.

»Weißt du, was dir fehlt?« fragte Mara mitfühlend.

»Was?«

Mara suchte nach einem passenden Wort, aber es gab nur ein einziges dafür. Es gab kein Synonym.

»Du bist zu anständig«, formulierte Mara, geflissentlich das passende Wort umgehend.

»Mir ist es lieber so«, sagte ich.

»Dir ist es lieber so, weil du hinter deiner Anständigkeit die fehlende Eigeninitiative versteckst.«

»Dafür tu ich auch niemandem etwas Schlechtes.«

»Nichts Schlechtes, aber auch nichts Gutes. Dich gibt es nicht.«

Ich zuckte zusammen, als hätte man mich mit Eiswasser bespritzt. Für Mara bedeutete mein Schweigen, daß dieses Thema erschöpft sei, und sie ging zum nächsten über. »Meine Dissertation ist bald fertig. Demnächst ist die Verteidigung«, teilte mir Mara so ganz nebenbei mit.

Mein Mann hatte sich sechs Jahre lang durch seine Dissertation hindurchgeschlängelt wie durch einen Stacheldrahtzaun.

»Welches Thema?« fragte ich und verbarg hinter meinem Sachinteresse meine wirklichen Gefühle.

»Die Sexualerziehung der Oberstufenschüler«, tat sich Mara wichtig.

Ich schwieg höflich. In dieser Frage war Mara Spezialistin, und warum sollte sie ihre Erfahrungen nicht der jungen Generation mitteilen?

Mara erzählte, daß sie gerade am Kapitel ›Die Kultur des Miteinanderverkehrens‹ arbeite – miteinander verkehren war aber nicht im sexuellen Sinne gemeint, sondern im allgemein menschlichen. In der Schule hört man davon ja nichts. Man rechnet damit, daß das in der Familie vermittelt wird. Aber in der Familie hört man davon auch nichts. Alle sind völlig unterentwickelt. Mara faßte die Erfahrungen anderer Länder, anderer Religionen zusammen und gab sie mir weiter. Sie erzählte sehr interessant. Ich ließ mich von meinem wachsenden Gefühl des Neides ablenken. Mara richtete ihre hypnotischen Kräfte auf mich. Ich hing wie ein Fisch an ihrem Haken.

Ohne jeden Übergang fragte Mara: »Vielleicht solltest auch du die Wohnung tauschen? Gegen eine Zweizimmerwohnung. Ihr seid doch zu dritt.«

Ich verstummte. Das war mein Traum. Meine gedankliche Spielwiese. Meine ›leuchtende Gegenwart‹.

»Ist das möglich?« fragte ich, eingeschüchtert allein schon von der Aussicht.

»Er ist jetzt in Peru«, sagte Mara über Mojdodyr. »Er kommt in einer Woche zurück, dann rede ich mit ihm.«

Und so hatte ich den Wurm geschluckt. Mitsamt dem Angelhaken. Jetzt konnte mich Mara an der Lippe packen und in jede beliebige Richtung zerren. Und das tat sie auch.

Innerhalb einer Woche kam sie mehrmals zu mir nach Hause. Sie staubte aus meiner Bibliothek kräftig ab. Bibliothek ist vielleicht ein bißchen hochgegriffen, aber mein Mann und ich hatten einige Lieblingsbücher.

Neben den geistigen Gütern trug Mara auch den Frieden aus dem Haus. Mein Mann haßte sie, war nervös, wurde verschlossen und in sich gekehrt. Mara tat, als merke sie das nicht, warf sich ihm jedes Mal an den Hals und küßte ihn ab. Mein Mann erstarrte, ertrug ihre Umarmung mit demselben Ekel, als ob ein Krokodil über ihn herfiele – ein glitschiges, ekliges und gefährliches Krokodil. Er glaubte nicht eine Sekunde an den Erfolg des Unternehmens und verachtete mich für meinen Konformismus. Ich hatte Angst, daß Mara es bemerken und damit alles hinfällig würde. Sie brauchte ergebene Hundeaugen und keine Wolfsaugen, die – gib ihnen zu fressen, soviel du willst – doch nur in den Wald starren. Ich war erpicht darauf, Mara aus dem Haus zu lotsen, in den Wald. Wir lebten am Stadtrand von Moskau neben einem wunderbaren, uralten Wald.

Früher war das einmal eine Datschagegend gewesen.

Der Frühling zog ins Land. Am Waldrand stand einsam eine kleine Weide. Ihre Kätzchen waren zartgelb, buschig und groß wie Küken. Die Weide sah aus wie ein Mädchen, das sich zum Tanz geschmückt hat.

Mara konnte es nicht ertragen, wenn Schönheit nur so für sich existierte. Sie beschloß, einen Teil dieser Schönheit mit in ihr Heim zu nehmen und in eine Vase zu stellen. Sie muß zu irgendetwas nutze sein, die Schönheit. Ich dachte, sie würde ein, zwei Zweige abbrechen. Oder drei. Dem Baum tut es natürlich weh, aber er betropft die Wunden mit seinem Saft. Verpflastert sie mit seiner Rinde. Und dann richtet er sich wieder auf.

Das, was Mara dann tat, steht mir noch heute vor Augen. Sie brach den Zweig nicht ab, sondern zog ihn zu sich herunter, wobei sie einen Streifen Rinde vom Stamm abzog. Dann noch einen, einen dritten und vierten. Bis die Weide ganz kahl war. Wir gingen weg. Ich sah mich um. Die Weide sah aus, als ob sie von der Gestapo käme, in Stücke gerissen, geschändet, bewußtlos. Ob sie noch mal zu sich käme?

Wär ich damals bloß umgekehrt und weggegangen! Der Teufel hätte sie holen sollen, die Wohnung mit dem zweiten Zimmer. Aber ich wußte, wenn ich es nicht tue, tut es niemand. Also hieß es aushalten. Und ich hielt aus. Ich fragte nur: »Warum hast du sie so zerrupft?«

»Wie man mit mir umgeht, so geh ich mit anderen um«, antwortete Mara.

Erst Shenka Smolin. Dann der höfliche, intellektuelle Sascha. Dann der Waisenhauszögling Schlamper. Jetzt der Greis Mojdodyr, der ihr Großvater sein könnte, dessen Liebe schon fast Blutschande war. Wenn man *so* mit ihr umging, warum sollte sie dann nicht genauso mit anderen, mit Menschen und Bäumen, mit allem, was ihr in die Hände fiel, umgehen?

Wir gingen weiter. Ich fühlte im Rücken, wie die Weide mir nachschaute und dachte: »Na, du bist mir eine ...« Und ich selber dachte von mir: »Na, du bist mir eine!«

Es verging eine Woche. Mojdodyr kam zurück. Mara schwieg. Ich wartete. Ich wartete nicht nur, sondern lebte unter der Hochspannung der Erwartung. Ich war erschöpft, jeder Nerv tat weh. Nur Gewißheit konnte mir helfen. Ich rief Mara an. Es war, als ob ich mit dem Fallschirm in einen dunklen Abgrund springen würde, als ich sie fragte:

»Ist er zurück?«

»Er ist zurück«, sagte Mara ruhig und würdevoll.

»Hast du's ihm gesagt?«

»Ich hab's ihm gesagt.«

Sie schwieg, als wisse sie nicht, weshalb ich angerufen habe.

»Und was ist?« Ich hielt es nicht aus.

»Nichts«, sagte Mara ruhig und genauso würdevoll wie vorher. »Er hat gesagt: ich hab genug von deinen vielen Aufträgen. Mal muß ich deinen Tataren Usmanow ins Krankenhaus spedieren, dann deine idiotische Artamanowa unterbringen. Laß mich in Ruhe. Laß mich in Ruhe sterben. Und wirklich, er ist ja auch nicht aus Gummi«, schloß Mara vertraulich.

Wer dieser Tatar Usmanow war, wußte ich nicht, aber die idiotische Artamanowa, das war ich. Ich warf den Hörer auf die Gabel und war den halben Tag wie verrückt. Mein Mann triumphierte. Da hatte ich meine Lektion. Wenn du jemanden nicht achtest, dann bitte ihn um nichts. Hast du ihn gebeten, deine moralischen Kriterien gesenkt, dich erniedrigt – dann kriegst du, was dir zusteht. Geschieht dir recht. Das ist ganz in Ordnung so. Das Leben ist logisch.

Ich lernte die mir erteilte Lektion, zog daraus weitreichende Schlüsse. Nämlich: den Kontakt zu Mara abzubrechen. Nie wieder! Unter keinem Vorwand! Sie rief an, ich legte sofort auf. Es klingelte wieder, ich ging nicht an den Apparat. In gewissem Sinne war ich feige. Ich wußte, wenn ich antworte, »Ja« sage, dann zieht sie mich an diesem »Ja« aus meiner Höhle, läßt ihre hypnotischen Kräfte auf mich los, zieht mich mit ihrem Elektromagneten an, und ich krieche wieder, fiepsend wie ein Kaninchen, in ihren Rachen.

Soll sie ihr Leben leben. Und ich meines. Der Dichter Wosnesenskij hat einmal geschrieben: »Wir haben nicht gelernt zu überleben, sondern auf den Tacho zu drücken.« Nun gut, aber ich drücke auf gar nichts. Ich halte es mit dem russischen Sprichwort ›Wer langsam fährt, kommt weiter‹. Fragt sich nur: weiter wovon? Weiter weg vom Anfang des Weges oder vom Ziel?

Und was war überhaupt mein Ziel?

Es vergingen fünf Jahre.

Im Lande geschah nichts. Aufgeschreckt vom Prager Frühling, bemühte sich Breshnjew, alles zu tun, damit sich nichts veränderte. Alles blieb, wie es war. Keinerlei Veränderung, kein frischer Wasserstrahl. Das Leben versumpfte mehr und mehr, bedeckte sich an der Oberfläche mit einer Schicht Wasserlinsen.

In meinem Privatleben passierte ebenfalls

nichts. Wir hausten wie früher in unserer Einzimmerwohnung, obwohl es in unserem Kooperativenhaus ständig Bewegung gab: Jemand starb, jemand wurde geschieden, jemand emigrierte. Wohnungen wurden frei, aber nicht für uns. Man hätte dem Vorsitzenden der Kooperative ein Bestechungsgeld zahlen müssen, aber wir wußten nicht wieviel und wie man das macht. Wir fürchteten, ihn zu beleidigen.

Mit Mara hatte ich keinen Kontakt mehr, aber es drangen Gerüchte aus ihrem Leben bis zu mir.

Mara arbeitete in irgendeiner hochangesehenen Institution bei der Akademie der Wissenschaften. Das war das strategische Übungsgelände ihres Wirkens. ›Unaufhörlich tobt die Schlacht, Menschen und Pferde – ein riesiger Berg‹, wie es bei Lermontow heißt.

Maras Einfluß und Macht über Mojdodyr wuchsen ins Unermeßliche. Sie tat alles, was sie wollte: warf jemanden raus, vergab Ämter, trieb Dissertationen voran oder legte sie auf Eis.

Mara trat in die zweite Phase ein – die Phase

eifrigsten Agierens. Ihre Energie brachte Beine zu Fall und ließ Arme sinken. Mara mußte gefeuert oder – für den Anfang – wenigstens unschädlich gemacht werden. Zu dieser Heldentat raffte sich die Leiterin des Labors, Karzewa, auf. Karzewa war überzeugt: Mojdodyr weiß von nichts. Sein Name wird frech benutzt und kompromittiert. Die Karzewa rief Mojdodyr über das ›rote Telefon‹ an, stellte sich vor, öffnete ihm die Augen und hängte den Hörer ein, im Bewußtsein, die Gerechtigkeit wiederhergestellt zu haben.

Weiter entwickelte sich alles wie in einem Märchen mit bösem Ausgang. Eine Woche später existierte das Labor der Karzewa nicht mehr. Und wenn es kein Labor mehr gab, dann gab es auch ihr Amt nicht mehr und auch nicht das Gehalt von dreihundertsechzig Rubeln. Ihr roter Ausweis war plötzlich ungültig. Der Wächter am Eingang ließ sie nicht mehr auf das Gelände. Mara kicherte und bleckte die schönen weißen Zähne.

Was wurde aus der Professorin, der Kommunistin Karzewa? Keiner weiß es. Hat sie gekämpft, oder hat sie aufgegeben, weil sie die Sinnlosigkeit ihres Kampfes erkannt hatte? Denn Mojdodyr war die höchste Instanz, alle Beschwerden landeten letztendlich bei ihm. War sie zornig auf Mara, oder bewunderte sie ihre Macht? ... Es hieß, daß sie ihre letzten fünf Jahre bis zu ihrer Pensionierung als Straßenkehrerin gearbeitet habe, um nie wieder mit der Staatsmaschinerie zu tun zu haben. Im Winter – Schnee schaufeln. Im Herbst – Blätter fegen. Und das war es dann.

Das Opfer hatte sich selbst beseitigt. Die Mitarbeiter verstummten, verkrochen sich in ihre Arbeitszimmer, wie in Höhlen. Die Speichellekker schossen ins Kraut wie die Wildblumen auf dem Feld. Mara genoß den Geschmack absoluter Macht. Zwei Streifen und ein Sternchen obendrauf.

Dimitschka begegnete inzwischen einer anderen Frau, fing mit ihr ein Verhältnis an und beschloß – anständig wie er war – sie zu heiraten. Als Mara das erfuhr, tätigte sie ein paar Telefonanrufe, und Dimitschka wurde für eine Weile in eine Irrenanstalt eingeliefert. Dort stopften sie ihn mit irgendwelchen Medikamenten voll, von denen er dick, stumpfsinnig und willenlos wurde.

Bekannte schenkten ihm später eine Siamkatze. Er nannte sie Mara. Mara gebar nach einiger Zeit das Katerchen Kusja. Das war nun Dimitschkas Familie: er, Mara und Kusja. Da Dimitschka die Katzen bei niemandem lassen konnte, wenn er auf Dienstreise war oder in Urlaub ging, setzte er sie in einen Korb und nahm sie mit.

Mara wollte ihn nicht an eine andere Frau hergeben. Sie hatte ihn schon lange genug hergeliehen. Dimitschka protestierte nicht. Er fand sich ab, wie die Karzewa.

Aber in der Natur herrscht Gleichgewicht. Wenn der Winter rauh war, dann folgt ein heißer Sommer. Und umgekehrt. Die Vergeltung ereilte

Mara von unerwarteter Seite, in Gestalt der jüngsten wissenschaftlichen Mitarbeiterin, der ›Limitschitza‹* Lomejewa.

Die Lomejewa war aus dem Ural gekommen, um sich den Daueraufenthalt in Moskau zu erkämpfen. Die ›Limitschiki‹, das sind keine Soldaten der napoleonischen Armee, die kommen und dann wieder abziehen. Die ›Limitschiki‹ sind eine ernstzunehmende Garde. Intelligenz hatte die Lomejewa nicht allzuviel, also mußte sie statt auf ihren Kopf auf ihren Hintern setzen. Ihr Hintern war stabil, der hätte gut drei Dissertationen ausgehalten. Und auch auf ihr Mundwerk konnte sie setzen: hinter jeder Wange ein Kugelblitz. Wenn sie die ausspuckte – schoß sie alles kurz und klein. Der kam man besser nicht in die Quere! Von anderen beanspruchte sie nichts, aber von dem, was ihr gehörte, gab sie auch

* Bürgerin mit zeitlich begrenzter Aufenthaltsgenehmigung für die Hauptstadt Moskau.

nichts her. Ihre Daten: geboren neunzehnhundertfünfzig, Tochter eines Alkoholikers, Urgroßvater und Großvater starben am Wodka, einer zu Hause, der andere in der Gosse. Der Vater setzte die Familientradition fort. Ihr Mann war beim Militär. Ihr Kind war sechs Jahre alt. Die Lomejewa selber war Parteimitglied, moralisch gefestigt, zielstrebig.

Wenn Mara Höhen und Tiefen hatte, so hatte die Lomejewa Farblosigkeit und Durchsetzungsvermögen. Farblosigkeit und Durchsetzungsvermögen konnte man damals in der Wissenschaft gut gebrauchen. Die Breshnjew-Zeit war ihre Sternstunde.

Mara hatte dadurch, daß ihr alles erlaubt war, jegliches Maß verloren und beging einen verhängnisvollen Fehler. Sie machte sich über die Dissertation der Lomejewa offen lustig, klatschte sie an die Wand, daß man sie mit dem Löffel nicht mehr abkratzen konnte. Die Dissertation wurde nicht angenommen. Die Lomejewa ihrerseits schnaufte wie die Schlange Gorynitsch aus dem Märchen und ließ ein Dutzend Kugelblitze los. Auch Maras Dissertation kam auf der obersten Ebene der Prüfungskommission nicht durch. Alle rannten vor Entsetzen in die Ecken, machten in der Mitte den Kampfplatz frei. Mara und die Lomejewa gingen aufeinander los wie der Schneeleopard und der Recke Mzyri aus dem Lermontow-Gedicht:

»Sich umeinander wie zwei Schlangen windend,
sich enger als zwei Freunde aneinander bindend,
fielen sie hin mit einem Schlag,
kämpfend das Paar im Staube lag.«

Breshnjew starb. Er wurde auf dem Roten Platz beigesetzt. Kräftige Burschen, die den Sarg ins Grab hinunterließen, kamen aus dem Takt, und der Sarg rumpelte ungeschickt zu Boden. Dieses Gepolter war der Anfang einer neuen Epoche.

Andropow weckte Hoffnungen – aber diese Hoffnungen nahm er kurz darauf mit ins Grab. Tschernjenko wärmte sich beim Begräbnis die Hände an den Ohren. Oder umgekehrt: er wärmte die Ohren mit den Händen. Es war ein bißchen unklar, warum man ihn, der krank war und kaum schnaufen konnte, der aussah wie ein typischer Exekutivkomitee-Verteter, warum man gerade ihn auf diesen schweren, verantwortungsvollen Posten berufen hatte.

Nach einem Jahr beerdigte man ihn an der nämlichen Mauer, und die Fernsehleute schwenkten die Kameras taktvoll vom Grab weg. Daß es bloß nicht noch einmal Gepolter gab! Aber das Rad der Geschichte konnte man schon nicht mehr zurückdrehen. Es drehe sich weiter, immer schneller, die Perestroika war schon nicht mehr aufzuhalten.

Mojdodyr wurde in Pension geschickt. Maras Hinterland geriet ins Schwanken. Die Lomejewa drückte sie zu Boden. Die Sterne am Himmel standen für Mara ungünstig. Ihr Magnetsturm konnte nicht wie früher alles um sie herum wegfegen, und da er kein Ventil fand, fraß er sich in Maras Inneres hinein. Sie bekam Krebs. Das bösartige Geschwür breitete sich durch den Streß rasend schnell im ganzen Organismus aus. Aber vielleicht kam es auch daher, daß sie sich ohne Büstenhalter gesonnt hatte. Es heißt, das sei nicht gesund.

Mara kam ins Krankenhaus. Zwei Chirurgen operierten sie. Einer beugte sich über ihre Brust, der andere über ihre Beine. Vierhändig schnitten sie aus Mara die Frau heraus.

Nach der Operation töteten sie den Menschen in ihr. Sie verordneten ihr Chemotherapie und bestrahlten sie. Sie wurde immer schwächer. Die Haare fielen ihr aus. Aber Mara überlebte. Der Haß und der Durst auf Rache war stärker als der Krebs. Mara war wie eine *Pershing*-Rakete, die auf dem Weg zu ihrem Ziel durch eine Reparatur aufgehalten worden war.

Nach einem Monat wurde sie aus dem Krankenhaus entlassen, halbtot, wie damals die

Weide. Sie stülpte sich eine Perücke über und stürzte sich in den Kampf.

Bekannte brachten ihr aus Frankreich eine Brustprothese mit. In Frankreich huldigt man dem Frauenkult, das ist doch was anderes als bei uns. Dort kümmert man sich um die Frauen in allen Lebenslagen. Die Prothese war aus weichem Plastik gemacht, mit Glyzerin gefüllt und sah sehr elegant aus. Eine perfekte Imitation des menschlichen Körpers.

Mara wickelte diese traurige Fälschung in ein weißes Batisttuch, nahm Soms auf den Arm, den sie von ihrer Mutter bekommen hatte. Soms war schon alt, sah aber, wie alle kleinen Hunde, wie ein Welpe aus. In der letzten Zeit ging Mara den Menschen aus dem Weg. Nur den guten alten Soms mochte sie um sich haben. Und so ging sie, das Bündel in der Hand und Soms auf der Schulter, in das vertraute Arbeitszimmer. Das Arbeitszimmer war wie früher. Doch der Mojdodyr war ein Neuer. Und auch Mara war nicht mehr die, die sie einmal gewesen war. Die Brust war schon nicht mehr zum Vorzeigen. An Stelle der Brust waren Narben, eine neben der anderen, als wenn der Krebs seine Zangen hineingehauen hätte.

Mara knotete vor dem neuen Mojdodyr ihr Bündel auf und sagte: »Da sehen Sie, was meine Mitarbeiter mit mir gemacht haben.« Mojdodyr Nummer zwei verstand natürlich nicht und fragte: »Was ist das?«

Mara faßte ihre Geschichte kurz zusammen, erzählte vom Konflikt mit der Lomejewa, von dem sich durch den Streß schnell ausbreitenden Krebs und schließlich dem Verlust ihrer Gesundheit, der sie sogar das Leben kosten konnte. Mara hatte ihr Leben für den Kampf um die Gerechtigkeit hingegeben.

Natürlich war der neue Mojdodyr in erster Linie ein Mensch, genau wie sein Vorgänger. Er schaute mit verhohlenem Entsetzen auf Mara, auf ihr zitterndes Hündchen, auf die Glyzerinbrust, die einer Qualle ähnlich abgetrennt auf dem Tuch lag. Ihn durchfuhr der Gedanke an die

Vergänglichkeit alles Irdischen. Und nach diesen Gedanken hatte er nur den einen Wunsch: Mara sollte ihre Körperteile zusammenpacken und gehen. Und nie wieder hier auftauchen.

Aber jemand verschwindet nur dann auf Nimmerwiedersehen, wenn – da es sich um eine offizielle Angelegenheit handelte – sein Anliegen schnell und positiv beschieden wird.

Maras Anliegen wurde beschieden. Innerhalb eines Monats ging ihre Dissertation durch sämtliche Instanzen. Mara verteidigte sie mit Glanz und Gloria.

Sie stand bei ihrer Verteidigung schlank und elegant da, wie ein Mannequin, mit grellrot gefärbten Wangen, mit künstlichen Haaren und künstlicher Brust. Künstliche Brillanten schaukelten wie Kronleuchter an ihren Ohren. Nur der Glanz in ihren Augen war echt. Niemandem kam in den Sinn, in dieser Gewinnerin, in dieser begabten Frau ein Opfer zu sehen.

Nach der Verteidigung ihrer Dissertation rief mich Mara zu Hause an. Ich ging ans Telefon, nicht ahnend, daß sie es war. Anscheinend waren ihre elektromagnetischen Wellen schwächer geworden und wirkten nicht mehr auf die Distanz.

»Ich habe meinen Doktor«, verkündete Mara feierlich.

Ich wußte schon von ihrer Krankheit. Ich wußte, welchen Preis sie für diese Dissertation gezahlt hatte. Wofür brauchte sie das? Fünfundvierzig, das ist das Alter für eine Habilitation, nicht für eine Promotion.

Offensichtlich hatte Mara einen Komplex: Sie hatte kein Kind in die Welt gesetzt, hinterließ keine Frucht. Deshalb wollte sie mit ihrer Dissertation etwas Geistiges hinterlassen. Sie wollte einen Teil *von sich* hinterlassen.

Ich seufzte tief und sagte: »Gratuliere ...«

Mara spürte den gequälten Ton in meiner Gratulation und legte den Hörer auf. Wahrscheinlich hatte ich sie verärgert.

Als Mara die Partie gewonnen hatte, hatte sie kein Ziel mehr und stagnierte. Sofort hob der

Krebs seinen Kopf und kroch durch ihre Knochen, die Wirbelsäule entlang. Es fiel ihr immer schwerer, morgens aufzustehen. Mara lag in ihrer leeren Wohnung und stellte sich vor, daß es an der Tür klingelt. Sie öffnet. Sascha kommt herein. Er sagt: »Wie ich es leid bin, ohne dich zu leben. Ich wollte das Schicksal betrügen, aber das Schicksal kann man nicht betrügen.«

Und sie antwortet: »Ich bin jetzt ein Krüppel.«

Und er: »Du bist du. Ganz egal wie du bist. Bei jeder anderen bin ich selber ein Krüppel.«

Aber niemand klingelte an der Tür.

Mara stand auf. Nahm ein Taxi. Fuhr zur Arbeit. Sie hatte jetzt ihr eigenes Arbeitszimmer und an der Tür ein Täfelchen mit der Aufschrift: »Doktor der pädagogischen Wissenschaften, Alexandrowa, M. P.« Daneben war das Arbeitszimmer der Lomejewa, und dort war dasselbe Täfelchen angebracht. Ihr Kampf war eins zu eins ausgegangen. Die Lomejewa hatte nicht einen Fußbreit Boden aufgegeben. Na gut, sie würde nicht die Sterne vom Himmel holen. Aber gab es denn in der Wissenschaft durchweg lauter Genies? Nehmen wir beispielsweise die Ginseng-Creme, die man in der Drogerie kauft. Wieviel Ginseng ist da drin? Ein zehntausendstel Prozent. Alles andere ist Vaseline. So ist es auch in der Wissenschaft. Ein Genie, und der Rest ist Vaseline. Die übrigen sind das Fußvolk. Warum soll die Lomejewa nicht mit im Glied stehen? Ist sie etwa schlechter als andere?

Die Lomejewa ging an Maras Arbeitszimmer vorbei – jung, vollkommen gesund, mit zwei unversehrten Brüsten Größe fünf, und klapperte mit den Absätzen. Sie klapperte absichtlich so laut mit den Absätzen, jeder Schlag hieb in Maras Kopf, als ob man ihr Nägel ins Gehirn hämmerte. Mara stopfte sich ein Taschentuch in den Mund, um nicht vor Schmerz zu stöhnen.

In dieser Zeit rief ich Mara, anstelle eines Besuchs, öfters an. Aber Mara mochte meine Anrufe nicht. Ihr ganzes Leben lang hat sie mit mir um irgend etwas gewetteifert. Die Krankheit hatte sie nun endgültig aus dem Rennen geworfen.

»Was rufst du mich an?« fragte sie. »Denkst du, ich weiß nicht, warum du anrufst? Du willst doch nur wissen: Ist sie schon tot oder nicht? Stell dir vor, ich lebe. Und arbeite. Und liebe. Und sehe wunderbar aus. Ich werde noch eine neue Mode einführen: mit einer Brust. Wie die Amazonen. Obwohl du natürlich sowieso nicht weißt, wer die Amazonen waren ...«

Ich schwieg. Ich wußte wirklich nicht viel über die Amazonen, außer daß sie auf Pferden geritten seien, mit Pfeil und Bogen geschossen und, weil es beim Bogenschießen störte, sich eine Brust abgeschnitten hätten.

»Und weißt du, warum du noch anrufst?« fuhr Mara fort. »Du hast Angst vor dem Krebs. Und du willst wissen, wie das ist. Wie es *bei anderen* ist. Stimmt's etwa nicht? Warum sagst du nichts?«

In diesem Falle handelte ich wirklich aus Mitgefühl und nicht aus Neugier. Und ich mag es nicht, wenn man schlechter über mich denkt, als ich wirklich bin. Jeder Mensch hat ein Ich-Ideal. Und wenn man mein Ich-Ideal angreift, verliere ich den Boden unter den Füßen. Entweder muß ich mir dann ein neues Ich-Ideal zurechtzimmern, eine Nummer kleiner und noch eins kleiner. Oder ich muß den Kontakt zu den Leuten abbrechen, die mein Ich-Ideal angreifen. Letzteres macht weniger Mühe. Aber Mara geht es jetzt schlechter als mir, und wenn sie auf mir herumtrampeln will, soll sie.

»Na schön«, sagte ich. »Deine Stimme ist wenigstens in Ordnung.«

Mara schwieg einen Moment. Dann sagte sie ruhig: »Larissa, ich sterbe.«

Es verging ein Jahr, Sascha kam nicht zu Mara, statt dessen kam Dimitschka. Er brachte seine geheimnisvolle Seele mit, Geld, schmerzstillende Mittel, die er selber in seinen Glaskolben zusammengemixt hatte. Und zwei Katzen in einem Korb, Mara und Kusja. Kusja war ausgewachsen und sah aus, als sei er genauso alt wie seine Mutter. Dimitschka war stolz auf Kusja. Er war das einzige Wesen, das er aufgezogen und auf eigene Füße gestellt hatte.

Mara brauchte Fürsorge, aber sie war gewohnt, allein zu leben, und die Anwesenheit eines andern Menschen reizte sie. Es war ein lebendes Beispiel für die Dialektik: Synthese und Kampf der Gegensätze. Sie konnte weder mit noch ohne ihn. Sie ließ all ihre Hoffnungslosigkeit an ihm aus. Dimitschka machte wie immer die Augen zu: Ich seh nichts, ich hör nichts.

Soms vertrug sich mit den Katzen, was einen auf die Frage brachte, ob er überhaupt ein Hund war.

Als eine gewisse Besserung eintrat, schien es, als ob alles vorbei sei. In der Tiefe ihrer Seele wußte Mara, daß sie nicht sterben würde. Sterne fallen vom Himmel, Inseln versinken, aber sie, Mara, würde es immer geben.

An solchen Tagen gingen sie ins Theater. Einmal gingen sie ins *Sowremennik*-Theater. Mara schlief mitten im ersten Akt vor Schwäche ein. In der Pause liefen die Leute umher, Mara erwachte. Sie gingen ins Foyer hinaus. Mara sah sich im Spiegel. Sie sah, wie der Krebs erdfahl und zynisch auf sie herabschaute. In genau diesem Moment begriff sie, daß sie sterben würde. Daß sie bald tot sein würde. Für immer. Das war die einzige Wahrheit, die sie sich ins Gesicht sagen mußte. Vielleicht mußte sie gar nicht. Aber auf jeden Fall: Es war die Wahrheit.

Sie blieben nicht bis zum zweiten Akt. Sie gingen nach Hause. Im Zimmer war mitten auf dem Teppich ein dunkler, grauer Fleck.

»Das waren deine Katzen«, schrie Mara los und begann, mit einem Handtuch auf die Katzen einzuschlagen.

»Rühr meine Katzen nicht an, das war dein Hund«, warf sich Dimitschka in die Bresche und verteidigte vehement seine Tiere.

»Hau ab mitsamt deinen Katzen! Ich will euch hier nicht mehr riechen!«

»Ich reise sofort mit dem Nachtzug«, sagte Dimitschka beleidigt.

Er setzte die Katzen in den Korb und ging türenschlagend hinaus.

Soms lief zur Tür und jaulte verwaist auf.

Mara ging ins Schlafzimmer. Sie legte sich hin. Wer weiß woher tauchte plötzlich in ihrem Gedächtnis die Ratte aus ihrer längst vergangenen Kindheit auf, die an den Käfigstäben hochkraxelte, um sich vor dem unaufhaltsam steigenden Wasser zu retten. Alles Lebendige kraxelt um sein Leben. Jemand stand schon mit dem Eimer über Mara. Das Wasser stand ihr bis zum Kinn. Es war sinnlos, sich zu wehren. Der einzige Ausweg war: sich mit dem Tod anzufreunden.

Plötzlich bemerkte Mara das Schlafmittel, das Dimitschka auf dem Toilettentisch vergessen hatte. Er brauchte es zum Einschlafen. Mara nahm das Fläschchen und lief aus dem Haus. Unterwegs fiel ihr ein, daß sie ganz vergessen hatte, Schuhe anzuziehen und ihre Perücke aufzusetzen. Es war ein heißer Sommer, und sie fror weder an den Füßen noch am Kopf. So ging Mara barfuß und kahlköpfig, im Drachenkimono. Passanten drehten sich nach ihr um. Sie dachten, da läuft ein Japaner.

Der Bahnhof war zehn Minuten von Maras Haus entfernt.

Der Zug war schon bereitgestellt, aber noch leer. Sie lief am ganzen Zug entlang, ließ nicht einen Waggon aus. Dimitschka war nirgends zu sehen. Mara schlenderte langsam den Bahnsteig entlang, und plötzlich sah sie Dimitschka. Er stand neben dem elften Waggon und schaute ins Leere. In Maras Anwesenheit erlaubte er sich nie so ein Gesicht. Da nahm er sich zusammen. Aber jetzt, wo er mutterseelenallein war, sackte er in sich zusammen und sank ganz bis auf den Grund der Einsamkeit. Der Kummer machte ihn bleischwer. Er kam nicht mehr an die Oberfläche. Wozu auch? Was war sein Leben ohne Mara? Er brauchte sie, egal wie: als Verräterin, als Biest, als halben Menschen – Hauptsache sie. Aus dem Korb schauten die runden Köpfe der Katzen.

Mara wollte ihn rufen, aber ihre Kehle war vor Mitleid wie zugeschnürt. Mara würgte ihr Mitleid hinunter, ein Schluchzer entrang sich ihr.

»Dimitschka!« schluchzte sie.

Dimitschka drehte sich um. Er sah Mara. Er wunderte sich. Seine Brauen hoben sich, und sein Gesicht wurde leicht dümmlich, wie alle erstaunten Gesichter.

»Du hast deine Medizin vergessen!«

Mara warf das Fläschchen in den Korb mit den Katzen und ging sofort weg, von Schluchzern geschüttelt, genau wie in ihrer Kindheit, als ihr die fünf Kopeken für die Kinokarte fehlten. Jetzt fehlte es ihr an Lebenszeit. Sie hatte nicht mal bis zur Hälfte gelebt. Die ersten fünfundvierzig Jahre sind doch nur eine Aufwärmübung, der erste Versuch vor dem Sprung. Aber erst nach den Sprüngen kam der Rekord. Ihr richtiges Leben lag doch noch vor ihr. Da würde es nur *einen* Mann geben, begehrenswert wie Sascha, treu wie

Dimitschka und allmächtig wie Mojdodyr. Mit diesem einen würde sie ein gesundes schönes Kind haben und es für die ›lichte Gegenwart und Zukunft‹ erziehen. Jetzt war das möglich. Jetzt waren andere Zeiten. Und sie selbst war eine andere. Und gerade jetzt mußte sie gehen. Alles war zu Ende, bevor es richtig begonnen hatte. Und *dort*, was würde da sein? Und wenn da nichts war? Wenn das alles war... Das war es also. Für immer. Für immer...

Ein Grab hinterließ Mara nicht. Sie ahnte, daß niemand es besuchen würde, und wollte das letzte Wort haben. *Ich* will nicht, daß Ihr zu mir kommt. *Ich* habe das so beschlossen, nicht Ihr.

Mara beauftragte Dimitschka damit, ihre Asche in Leningrad zu verstreuen. Dimitschka wußte nicht, wie man so etwas macht. Mein Mann meinte, daß man einen Hubschrauber mieten solle. Aber woher einen Hubschrauber nehmen?

Dimitschka nahm die Urne mit sich, die wie

ein Fußballpokal aussah. Eines schönen Tages füllte er die Asche in eine Plastiktüte. Er setzte sich auf eines der Linienschiffe und fuhr die Njewa entlang.

Der Herbst war warm und mild. Die Sonne schien ohne den sommerlich jungen Eifer. Ein leichter Wind wehte ihm die Haare aus der Stirn. Und die Asche – so schien es Dimitschka – flog leicht und friedlich dahin.

Dimitschka verstreute Mara, verstreute ihre Liebe, ihr Talent, ihre elektromagnetischen Wellen. Und die Leute an Deck standen da und dachten, daß er das Wasser salzen, oder vielmehr pfeffern wollte.

Aber das war alles viel später.

Damals schlich Mara den Bahnsteig entlang und weinte, verabschiedete sich von mir, der Weide, der Lomejewa, von Shenka Smolin, von Schlamper, von all ihren Sorgen, denn auch das ist – Leben.

Mara ging zurück in die Stadt. Vor dem Bahnhof wuchs eine Linde. Ihre Blätter waren schwer vor Staub und schienen wie versilbert. Über den Platz fuhren die Straßenbahnen, am Taxistand formierten sich meterlange Schlangen. Die Linde stand mitten im Getöse, umgeben von Autoabgasen und der Hektik der Passanten.

Und genau so eine Linde, vielleicht ein klein wenig anders, aber trotzdem ganz eindeutig eine Linde, wächst im Wald. Unter ihr: Gras, Tiere, Beeren. Über ihr: der klare Himmel. Daneben andere Bäume, ihre Schwestern, die mit den Zweigen im freien Wind rauschen. Sie unterhalten sich miteinander.

Warum war das so? Eine stand hier abseits, die andere dort? Warum bloß? Warum?

›A‹ ...

Ein leeres Blatt. Ich schreibe: Alexandrowa, Marla Petrowna. Und umrahme es. Sie hat keinen Grabstein. Soll er hier sein. In meinem Adreßbuch. Unter den Lebenden.

Manchmal träume ich von ihr, und dann denke ich den ganzen Tag an sie, rede in Gedanken mit ihr, und ich habe das seltsame Gefühl, daß wir uns nicht bis zu Ende auseinandergesetzt haben und unseren Disput fortsetzen müssen. Und noch ein Gefühl überkommt mich: Schuld. Ich bin schuldig vor ihr. Aber wieso? Ich weiß es nicht. Oder vielleicht doch.

Ich lebe weiter, aber ich drehe mich dauernd um, und es kommt mir so vor, als ob ich mit verdrehtem Halse herumlaufe.

Viktorija Tokarjewa im Diogenes Verlag

Mara

Erzählung. Aus dem Russischen
von Angelika Schneider

Die ehrgeizige Mara hat nur zwei Ziele: Macht und Geld. Da sie beides mangels Ausbildung auf direktem Wege nicht erreichen kann, geht sie den Umweg über Männer.
In *Mara* entwirft die Autorin das psychologisch feinfühlig gezeichnete tragikomische Bild einer modernen russischen ›femme fatale‹.

»Ihre Erzählungen führen sehr direkt an das Wesen der Menschen heran. Was sie sagt, sagt sie in äußerst gedrängter Form. Eine ›Vaterschaft‹ Čechovs scheint vor allem im Umgang mit der Sprache, in der Beobachtungsgabe und im manchmal fast melancholischen Humor durchzuschlagen. Und obwohl Viktorija Tokarjewa in der Sowjetära lebt, sind ihre Figuren zeitlos, sieht man von den wenigen Tönen des Zeitkolorits ab. Wieviel klingt da mit.«
Regula Heusser/Neue Zürcher Zeitung

Happy-End

Erzählung. Deutsch von Angelika Schneider

Aus purem Trotz heiratet Elja viel zu früh den sie naiv vergötternden Tolik und zieht mit ihm zu seinen Eltern in ein russisches Provinznest. Als sie an der Langeweile des Kleinstadtlebens zu ersticken droht, verliebt sich Elja in den Schauspieler Igor, der so wunderschön Lermontow rezitiert. Sie zieht mit ihm nach Moskau. Aber Igor ist Alkoholiker und hat seit Jahren keine guten Rollen mehr gespielt…

»Die große Kunst der Viktorija Tokarjewa besteht im äußerst sparsamen Gebrauch der erzählerischen Mittel. Überflüssige Details zu vermeiden und auf kürzestem Weg ins Herz der Dinge und der Menschen vorzudringen ist die Maxime der Autorin. Ihre Erzählungen sind von geradezu elementarer Wucht. Sie ist eine Meisterin.« *Frankfurter Allgemeine Zeitung*

»Vor allem aber liegt der Zauber von Viktorija Tokarjewas Schreibweise in einem Čechovschen Humor, der das schwere Leben leichter macht, dazu in gelegentlichen Ausflügen ins Träumerisch-Phantastisch-Absurde, im Witz der Formulierung, der den Geist vom Druck der Verhältnisse befreit.«
Deutsche Welle, Köln

Lebenskünstler

und andere Erzählungen
Deutsch von Ingrid Gloede

»Viktorija Tokarjewas Geschichten sind seit jeher von großer Anmut, allesamt Kunst-Stückchen, die einem die Vorstellung von Leichthändigkeit suggerieren. Nicht jedoch von Leichtgewichtigkeit. Wenn sie uns ein Schmunzeln entlocken, dann liegt das daran, daß die Tokarjewa über einen ausgeprägten Humor verfügt und diese Gabe durchweg einsetzt. Es ist kein Humor der satirischen Art, eher eine sanfte Ironie, gewürzt mit einer Prise Traurigkeit und einem vollen Maß an mitmenschlichem Erbarmen.«
Sabine Brandt/Frankfurter Allgemeine Zeitung

»Viktorija Tokarjewa psychologisiert nicht. Sie erzählt. In einem Ton und mit einer Sicherheit, die nicht den geringsten Zweifel zuläßt, daß hier eine großartige Autorin zu entdecken ist.« *NDR, Hamburg*

»Sie erzählt von Menschen – erstaunlich emanzipierten Frauen –, die einem Ideal nachjagen, dauernd im Aufbruch begriffen sind und doch an den realen Bedingungen klebenbleiben wie an Leimruten.«
Die Weltwoche, Zürich

Zickzack der Liebe

Erzählungen. Deutsch von
Monika Tantzscher

Die Menschen der Viktorija Tokarjewa rebellieren gegen ein Leben, das mit der Regelmäßigkeit eines Uhrwerks abläuft und keinen Raum für spontanes Glück läßt. Sie träumen vom Überschwang des Herzens und von leidenschaftlicher Liebe – zu deren Unbedingtheit sie sich dann doch nicht entscheiden können. Das Leben zu zweit erscheint wie ein spannender Kampf ›zwischen Wahrheit und Lüge‹. Ironisch und mit Herzblut erzählt eine selbstbewußte Autorin von den Partnerschaftsnöten emanzipierter sowjetischer Frauen.

»Viktorija Tokarjewa schreibt keine tendenziöse Frauenprosa; die Frauen kommen nicht besser weg als die Männer, mögen sie auch völlig anders sein. Mit kinematographisch geschultem Blick beobachtet sie – Absolventin des Leningrader Filminstituts und Verfasserin zahlreicher Drehbücher – Menschen in ihrem privaten und beruflichen Alltag, sensibel und doch auf Distanz, wie ihr Vorbild Čechov.«
Ilma Rakusa / Neue Zürcher Zeitung

Sag ich's oder sag ich's nicht?

und andere Erzählungen
Deutsch von Ingrid Gloede, Angelika Schneider
und Monika Tantzscher

Sag ich's oder sag ich's nicht? lautet die bange Frage, die sich durch das Leben einer jungen Frau zieht wie ein roter Faden. Als reife Frau hält sie Rückschau auf alle Gelegenheiten, die sie durch ihr langes Abwägen verpaßt hat. Als sich eine letzte Gelegenheit bietet, wagt sie schließlich den Sprung ins Ungewisse.

»Viktorija Tokarjewas Erzählungen sind durchdrungen von trockenem Witz und warmem Humor, distanziert und engagiert zugleich.«
Süddeutsche Zeitung, München

Doris Dörrie im Diogenes Verlag

Liebe, Schmerz und das ganze verdammte Zeug

Geschichten

Vier großartige, liebevolle, traurige, grausame Geschichten: *Mitten ins Herz, Männer, Geld, Paradies.* Geschichten von befreiender Frische.

»...ohne stilistische Bedenken, theoretische Skrupel oder methodische Zweifel. Doch lesen wir sie mit einer Begeisterung wie ein belletristisches Debüt schon lange nicht mehr.« *Frankfurter Allgemeine Zeitung*

»Doris Dörrie ist eine beneidenswert phantasiebegabte Autorin, die mit ihrer unprätentiösen, aber sehr plastischen Erzählweise den Leser sofort in den Bann ihrer Geschichten schlägt, die alle so zauberhaft zwischen Alltag und Surrealismus oszillieren. Ironische Märchen der 80er Jahre – Kino im Kopf.«
Der Kurier, Wien

»Ihre Filme entstehen aus ihren Geschichten.«
Village Voice, New York

»Was wollen Sie von mir?«

und 15 andere Geschichten

Mit diesen knappen, manchmal melancholischen, manchmal sehr komischen, manchmal märchenhaften Geschichten gelingt Doris Dörrie ein kleines Panorama unserer ver-rückten Gesellschaft.

»Es ist vollkommen gleichgültig, ob Sie Doris Dörrie in der Badewanne, im Intercity-Großraumwagen, im Lehnstuhl oder in der Straßenbahn lesen, nur: Lesen Sie sie! Lassen Sie sich nicht irre machen von naserümpfenden Kritikern, diese sechzehn Short-Stories gehören durchweg in die Oberklasse dieser in

Deutschland stets stiefmütterlich behandelten Gattung.« *Deutschlandfunk, Köln*

»Vor allem freut man sich, daß Doris Dörrie den eitlen Selbstbespiegelungen der neuen deutschen Weinerlichkeit eine frische, starke und sensible Prosa entgegenstellt.« *Kölnische Rundschau*

Für immer und ewig

Eine Art Reigen

Ein überschaubarer Kreis von Personen, darunter auch das Model Antonia, im ewigen Karussell des Lebens: Man begegnet sich, verliert sich wieder aus den Augen, liebt und leidet.

»Die Dörrie ist in diesem Buch auf der Höhe ihrer Männer- und Frauencharakterstudien. Spotlight on für ihre Figuren, die sie für sich und über sich selbst sprechen läßt, ohne sie jemals zu bevormunden. Ein Buch zum Lachen und zum Weinen. Zum genießerischen Wehmütigsein und zum sinnigen Nachdenken.« *Die Welt, Bonn*

»Ein buntes Kaleidoskop von Geschichten aus dem prallen Leben.« *NDR, Hannover*

»In *Für immer und ewig* dreht sich, frei nach Arthur Schnitzler, alles um die Liebe, wie in einem Karussel begegnen sich die einzelnen Personen immer wieder in einem wilden Wirbel von Liebe, Leid, und Leidenschaft.« *Augsburger Allgemeine Zeitung*

Der Mann meiner Träume

Erzählung

Doris Dörrie erzählt die Geschichte von Antonia, die den Mann ihrer Träume tatsächlich trifft. Sie erzählt eine moderne Liebesgeschichte, eine heutige Geschichte, deren Thema so alt ist wie die Weltliteratur, eine Geschichte von der Liebe.

»Ein erzählerisches Naturtalent mit einem beneidenswerten Vermögen, unkompliziert und gekonnt zu erzählen. Der Leser beendet die Lektüre mit höchst bewußtem Bedauern darüber, daß er diese kurzweilige, unprätentiöse Erzählung schon hinter sich hat.«
Frankfurter Allgemeine Zeitung

»Doris Dörrie ist als Erzählerin Spezialistin in diffizilen Angelegenheiten der kleinen Rache und gezielten Ohrfeigen zum Zwecke der Unterstützung des eigenen Selbstwertgefühles. Sie ist eine sehr gute Kurzgeschichten-Schreiberin mit der erforderlichen Prise Selbstironie und mit stilistischer Eleganz.«
Die Zeit, Hamburg

Love in Germany

Deutsche Paare im Gespräch
mit Doris Dörrie

»Die Münchner Filmregisseurin Doris Dörrie hat die *Love in Germany* erkundet – in 13 anrührenden und saukomischen Interviews mit deutschen Paaren zwischen Mittelmaß und Beziehungswahn. Ganz normale Leute, aber alle sind mit ihren Ramponiertheiten und unverwüstlichen Liebesträumen Persönlichkeiten. Aufschlußreicher als jede Statistik.«
stern, Hamburg

»Mich hat das Komische im Tragischen immer schon am meisten interessiert.« *Doris Dörrie*

»Wer noch im glücklichen Besitz von Illusionen ist und sich diese zu erhalten wünscht, sollte einen großen Bogen um das schmale Büchlein machen. Wer hingegen immer schon den Verdacht hatte, daß alles nicht so einfach ist, der ist bei Doris Dörrie bestens aufgehoben.« *Ira Panic/Hamburger Morgenpost*